——天城健太郎作品集——

なっちゃんと魔法の葉っぱ

天城健太郎

今日の話題社

なっちゃんと魔法の葉っぱ
――天城健太郎作品集――
目次

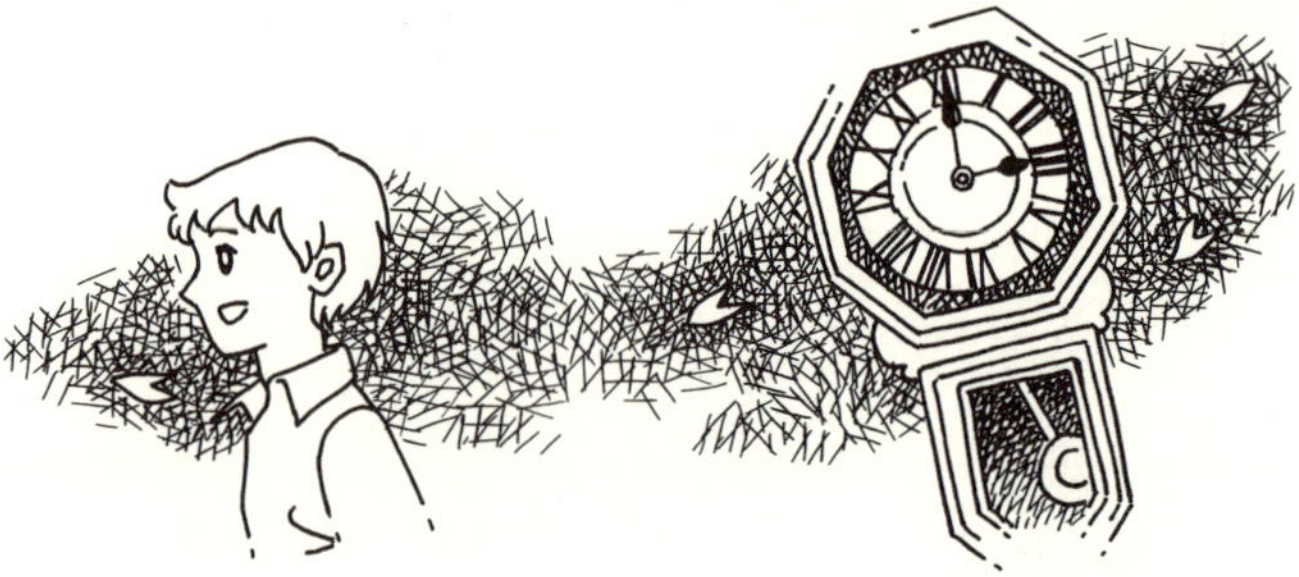

なっちゃんと魔法の葉っぱ

——天城健太郎作品集——

ふしぎなおくら

山ざくらの花が、ほろほろと、散《ち》っている春《はる》のことです。

文平《ぶんぺい》の家は、田や畑にかこまれていて、青いむぎ畑と、黄色の菜《な》の花の向《む》こうには、大きな森が、見えていました。

「おかあさん、あの森まで、あそびに行ってもいい。」

きょうは、弟《おとうと》の正一《しょういち》や、近所《きんじょ》のあそびなかまで、森の中の広場《ひろば》であそぼうということになっていたのです。

正一は、もう出かけてしまったのか、姿《すがた》が見えません。

「ああ、いいですよ。あの森《もり》のね、ほら、見えるでしょ、あの、げんじさまの一本杉《いっぽんすぎ》におひさまがかくれたら、帰《かえ》ってくるのですよ。」

おかあさんは、春がすみにかすんでいる遠くの山をみて、森の中から、一本だけ背《せ》の高い木を指《さ》して、そう言いました。

「はい、おかあさん、あの森は、お宮《みや》さまの森じゃなかったの。」

「げんじさまの森よ。」

「えっ、げんじさまって。」

「そう、お前の知らない昔《むかし》にね、大きなお屋敷《やしき》があってね、源治《げんじ》さまと村ではみんなが言ってたのよ。今《いま》はね、古い土蔵倉《どぞうぐら》しか、残《のこ》っていないそうよ。」

「おかあさん、どぞうぐらって、だいじな物や、お米《こめ》なんか、しまって置《お》くお倉《くら》だよね。」

「そうよ。正一も、森にあそびに行ってたら、いっしょに帰ってきなさいよ。」

「はあい、行ってまいりまあす。」

文平は、ぼうしをかぶると、もう、野道《のみち》を森の方へ、かけ出していました。

文平は、田や畑の中の道を行きながら、近《ちか》いようでなかなか遠《とお》いなと思いましたが、それからてくてく歩《ある》いて行きました。

そして、小川《おがわ》の橋《はし》をわたった所《ところ》で、

「あっそうだ、ここの畑《はたけ》で、そう言えば、おじさんたちが、げんじさまの森の話《はなし》をしていたんだ。」

と、思い出しました。

それは、峠《とうげ》の次郎作《じろさく》じいさんと、三郎《さぶろう》くんちのおじいさんでした。次郎作じいさんは、さといもをほる手《て》を休《やす》めて、話をしていたのです。

「げんじさまもな、昔は、大きな油屋《あぶらや》でなあ、たくさん作男《さくおとこ》がいてよ、よう繁盛《はんじょう》していたもんよ。今じゃのう、それが、大きなお屋敷《やしき》も、土蔵倉だけになってしまってよ。ええ庭木《にわき》もあったがのう。もう、のびしげって、すっかり森のようじゃよ。」

「そうだよの、あのお屋敷は、広かったでなあ。しばふのお庭も、野原《のはら》になっちまって、今じゃ村のこどもらのええあそび場になっとるよ。森の中は、夏は、せみ取《と》り場《ば》でさあ。」

「ハハ、そうかいな。」

「あの、お屋敷の方たちは、どうなったことやらのう。よう、うわさもない、この頃《ごろ》じゃ。」

「そうだの、いや、車《くるま》もまだめったにない昔の話だ、げんじさまのむすこさまが、村を出なさる時《とき》に、まだお小さいおじょうさまと坊《ぼっ》ちゃんの手をひいてな、きっとまた村に帰ってまいりますによって、よろしゅうとな。夕日《ゆうひ》のしずむ峠《とうげ》をこえて行かしたと、人の話じゃのう。」

文平は、ふたりのお話を道くさのとちゅうで聞いた時、何だかその、赤い夕やけ空の峠《とうげ》道《みち》を下《お》りてゆく、親子《おやこ》の旅立《たびだ》ちを思いうかべて、むねがじいんとしてきたのを思い出しました。

「何か、わけがあったんだねえ、かわいそうに。」

峠のそばの畑で野良《のら》しごとをしていた、村のおばさんたちも、きっとそう言っていただろうと、それから思ったりしました。

文平が田んぼ道に出ると、

「グジュグジュと田のどろの中へもぐるのは、おたまじゃくしだな、もう、水がぬるむころ。出てきたのかな。だんだん、いなくなるのに、この田んぼには、まだたくさんいるぞ。」と、足《あし》を止《と》めて見ましたが、「や、みんなが、森で待っているのかも。」と、またせっせっと歩き出しました。

そして、やっと森につきました。

ところが、正一や、ほかの、あそびに来るといっていた子どもらは、どこへ行ったのか、ひとりも見あたりません。

どこかのおばさんが、竹かごを背おって、手にはわらびを持って通りすぎるだけでした。森の小道《こみち》を散歩《さんぽ》していたらしい、犬をつれた人も帰って行きました。だれもいない森は、しいんとして、しずまりかえっています。

みんなが、どこにいるのか、少しもわかりません。

時々《ときどき》、きじか、やまどりの声が、「ケーン、ケーン」と鳴《な》いて、草むらから飛《と》び立ったので、文平は、ぎょっとして足を止めました。

しばらく、森の小道を行きましたが、人の声は、少しも聞こえません。

「おうい、いるかあ、どこだよう。」

と、大きな声で叫《さけ》んでみましたが、何の返事《へんじ》もかえってこなくて、ただ、林《はやし》の中の、すぎの小枝《こえだ》がバサッと落ちてきただけでした。

文平は、もう、帰ろうかと思いましたが、広い、お庭があったような所へ出たので、ひとまわりしてみようと歩いて行きました。

すると、池《いけ》があって、大きな、もみじの木の所から、少しまがっている道へ入ると、石がきと、石だんが見えました。

そこで、ああ、ここが、次郎作じいさんのお話していた、大きなお屋敷のあとかな、と思いました。

まわりはすっかり荒《あ》れはてていて、草がぼうぼうと生《お》いしげり、名も知らない野の草《くさ》が、春の花をつけていました。

昔、ここで、お屋敷の人が、だいじにしていたのでしょう、かいどうの花だけが、赤《あか》い花をやせこけた枝につけて咲《さ》いていました。

文平は、おじさんの話の、子どもらのあそび場になっているという広場《ひろば》は、どこだろうと、だんだん、そこから奥《おく》の方へ歩いて行きました。

しばらく行くと、石だたみの小道があって、その両側《りょうがわ》は、さくらの並木《なみき》になっていました。

さくらの花は、このお屋敷にだれも住《す》まなくても、こうして、ここで、年々《ねんねん》、春《はる》がくると、やせた枝にも、花を咲かせていたのでしょう、風が吹くたびに、あたりいちめんに、白い花びらを、この荒れたお庭から、森の方まで、小雪《こゆき》が舞《ま》うように、まき散《ち》らしていました。

文平は、ひらひらと舞う、さくらの花のトンネルの下で、花の吹きだまりの道をひとりで歩いていくと、何だか、ふしぎな世界《せかい》へ入ってゆく気がしてなりませんでした。

この、まだ見たこともない花のトンネルに出会《であ》ったせいでしょうか、もう、あそぶことも、帰ることも忘れたように、とことこと、その先の方へ歩いて行ってしまいました。

「おや、あれは、何だろう。」

見ると、それは、さくらの木にかこまれた、白いかべの土蔵倉でした。

「これが、おかあさんや、おじさんの話の、どぞうぐらか、そうなんだ、これだけ残《のこ》っているのかなあ。」

文平は、ひとり言を言いながら、そのお倉を見上げました。

屋根《やね》のかわらは所々《ところどころ》落ちて、白いかべも、はげたように、土かべが見えています。

白いかべの高い所には、鉄《てつ》の扉《とびら》の窓《まど》と、かざり金具《かなぐ》がついていて、そのおかざりの、もよう細工《ざいく》が、昔のお屋敷のおもかげを残していました。

「昔は、はんじょうしていたがのう。」と話をしていた、おじさんの言ったとおりだなと思いながら、文平は、お倉の入り口をのぞいて見ました。すると、まっ暗《くら》いお倉の中に、破《やぶ》れた屋根の間からと、開《ひら》いたままの鉄の扉《とびら》の窓からさしこんだ日の光《ひかり》で、そこだけ、ぼうーと、明るくなっていました。

そして、その光の中に、ちらちらと、小雪が降るように、舞い込んださくらの花びらが

ふしぎなおくら　18

浮《う》かんで、深《ふか》い海《うみ》の底《そこ》でも見るようでした。

文平は、このお倉の中のようすに、つい吸《す》いこまれるように、中へ入ってしまいました。

暗《くら》がりに目がなれると、まだ、このお倉の中には、いろいろな物が置いてあるのが、分《わ》かりました。

古《ふる》いたんす、火鉢《ひばち》、木のうすや、きね、それに、ほこりにまみれた、いくつかの、木の箱《はこ》。昔の古いお茶つぼなど、みんな死んだようになって、暗がりに残されていました。

「おや、これは。」

文平が見たのは、かすかな光にあたって、ガラスのふたが光っている古い時計《とけい》でした。

ほこりだらけの箱の上に、ねかしてあるのを見て、「昔の時計だ。」と思いました。

すっかり、ほこりをかぶっていましたが、おかあさんと町《まち》へ出かけた時に、時計屋《とけいや》さんで見かけたのと、同じような古い時計でした。

「動《うご》くかもしれない。」

文平が、町で見た時計屋さんの時計は、とてもいい音でカチカチと動いていて、大きな振《ふ》り子《こ》が、まるで、生《い》き物《もの》の目玉《めだま》のように、こっちを向いて、行ったりきたりしていたの

を、おぼえていたのです。

そっと、日のあたっている所へ持って行って、木の箱の上にのせました。

その箱の横《よこ》には、ふたの開いている箱があって、中には、紙《かみ》にくるまれた白い顔の、ひな人形《にんぎょう》が、のぞいていました。

文平は、ああ、そういえば、三月三日は、ひなまつり、きょうは、四月三日。でも、おかあさんが、

「この村ではね、昔から四月三日が、おひなまつりの日になっているのですよ。もう、よもぎも出たし、つんで草もちつくるからね、早く帰ってきなさい。」とお話していたのを思い出しました。

文平は、古い時計の前に、しゃがみこんで、ガラスのふたを開《あ》けて、振《ふ》り子《こ》を動かすとカチカチと、音がしましたが、すぐに止《と》まってしまいました。

「やはり、だめかな。」と思いましたが、両手《りょうて》で持ち上げると、今度《こんど》は、くぎの出ている所の柱にかけて、振り子を動かしてやりました。

すると、古いその柱時計《はしらどけい》は、息《いき》を吹《ふ》きかえしたように、「ギギー、デェーン、デェーン。」

と、大きな音を出して三時《さんじ》を打《う》ったのです。

文平は、びっくりしました。

そして、ちょうど　その時、まるで時計が鳴《な》ったのが合図《あいず》のように、お倉の入り口から、ドドウと、春のつむじ風が、吹き込んできました。お倉の中は、もう、まっ白い、さくらの花吹雪《はなふぶき》につつまれて、何も見えなくなってしまいました。

するると、どうでしょう。

「おや、三時だよ。」

「時計が鳴ったよ。」

「おやつの時間だよ。」

と、どこからか、声がするではありませんか。この、古い、土蔵倉には、だれかいるのでしょうか。

いいえ、うす暗がりの中、光がさしこんでいるあたりには、さくらの花びらが、いちめんに、ひらひらと舞っているばかりです。

文平は、何だか、夢《ゆめ》を見ているような、こわいような気持《きも》ちがしてきました。そこで、そばにあった大きな長持《ながも》ちの箱のかげに、かくれてしまいました。

「時計が鳴ったよ。」

「坊ちゃんが、おかえりになったんだよ。」

「よかったねえ。」

「さあ、みんな出ておいで、お祝《いわ》いだよ。」

また、どこかでそんな声《こえ》がしています。

文平は、ふしぎそうに、あたりを見まわしましたが、だれもいません。

さくらの花びらは、ひらひらと舞いおち、古い柱時計は、カチカチと音を立てています。

しばらくすると、ゴトリと、音がしました。

文平は、今度は、ほんとうに、こわくなりました。

「おや、みなさん、もう春ですよ、そんなに暗い所にいないで、あかりをつけましょう、あ、その、ぼんぼりにも。」

「だあれ。」

「あれ、あれは、野ねずみの、おばさんですよ。来てくれたんですよ、あかりをつけに。」

文平は、さっき、ゴトリと音がしたのは、あそこのお倉のかべに開いている穴《あな》から、野ねずみが出て来た音だったんだと、思いました。でも文平は、じっとかくれていました。

野ねずみのおばさんは、それから、白いエプロンをかけ、ほんとうに、お祝いの支度を始《はじ》めるようです。

「さあ、きょうは、ちょうど、おひなまつりの日ですよ。お人形さんたちも、むかしのお道具《どうぐ》のみなさんも、いっしょにお祝《いわ》いしましょう。」

「坊ちゃんも、見えたはずですよ。」

文平は、このお話を聞きながら、いったい、このお屋敷の坊ちゃんは、どこにいるのだろう。次郎作じいさんの話では、峠をこえて行ってしまったというのに。

おかえりになったのかなあ、ふしぎだなあ、と、思いました。

お倉の中は、それから、しばらく、ゴトゴトと、音がしていましたが、

「さあさ、できましたよ。おひなさまたち、おだいりさまどうぞ、こちらへ。」

「まあ、おうすさん、きねさん、こんなに、たくさん、きれいなおもち、ありがとう。」

「いや、おやすい、ごようですよ。ひさしぶりに、役《やく》に立《た》って、とてもうれしいですよ。」

「ああ、そんな所にいないで、ここにおいでよ。」

「あ。そこの茶《ちゃ》だんすさんも。」

「はい、はい。わたしゃ、ほこりだらけでね、それにもう、古くてはずかしいよ。」

「いいえ、ちっとも、おかわりありませんよ。とてもいい、昔のつくりで。」

「あ、あの、フランス人形さん、いらっしゃい、いつも、ガラスの箱の中ばかりにいて。」

「え、ありがとう。このドレス、虫《むし》に喰《く》われてしまったわ、それに、こんなに色《いろ》あせて。」

「みんなそうよ。ほら、あの、おじょうさまの、だいじにしていらした、千代紙《ちよがみ》の小箱《こばこ》さんだって、もう、くだけそうよ。」

「いいの、いいの、坊ちゃんが、おかえりになったんだから、きっと、今になおしてくださいますよ。それに、おじょうさまも、おとうさま、おかあさまも、みんな、このお屋敷に、おそろいになりますよ。」

「お茶つぼさんの言うとおり、ほんとうに、にぎやかになるわねえ。」

「そうねえ。」

「いいわねえ。」

と、お倉の中は、だんだんお話が、はずんで、にぎやかになりました。

おひなさまが、台《だい》にならんですわり、ぼんぼりに照《て》らされて、まわりが明るくなると、いっそう、官女《かんじょ》さまやおひなさまが、きれいに見えました。

そして、野ねずみのおばさんが、すみにあった石油《せきゆ》ランプに、火を入れますと、お倉の中は、ぼうーと、明るくなりました。

「さあさ、みなさん、おそろいですね。おんがくレコード、何か、かけましょうか。」

文平は、

「そんなの、この古いお倉の中にあるのかなあ、野ねずみのおばさんは、家から持って来たのかな、ぼくの家なら、テープレコーダーがあるのに。」

などと思って、そっと見ていますと、

「おや、この、ちくおん機《き》、もう針《はり》がさびて使《つか》えませんよ。あ、そこの、落《お》ちている、野いばらの、そう、そのとげの針でいいわ。ひろってちょうだい、ありがと。」

と、野ねずみのおばさんは、ほこりだらけの古いちくおん機に、黒《くろ》い円盤《えんばん》のレコードをのせると、野いばらのとげの針を止めました。

そして、まがったハンドルをギイギイと、音をさせて、手でまわしていました。
やがて、ズーズー、ジージーと音がすると、
〝あかりをつけましょ、ぼんぼりに〟

と、おひなまつりの歌が、その古いちくおん機の大きなラッパから流《なが》れ出ました。
文平もその古いちくおん機のハンドルをまわしてみたくなりましたが、じっとがまんして、かくれて見ていました。
そのラッパのようなスピーカーは、とてもいい声で、
〝お花をあげましょ　ももの花
五人ばやしの　ふえたいこ
きょうは　たのしい　ひなまつり〟
と、続けて歌をうたっています。

野ねずみのおばさんは、お白酒《しろざけ》を、みんなにくばっていました。

”おだいりさまと　おひなさま
ふたりならんで　すましがお
およめにいらした　ねえさまに
よく似《に》た官女《かんじょ》の　白いかお“

文平は、ほんとうに歌のようだなあ、と思いました。おひなさまは、うれしそうに、お白酒をいただいていました。まわりの、お人形さんやみんなも、おもちを食べたり、お話したりして、楽しそうです。

”金のびょうぶに　うつる灯《ひ》を
かすかにゆする　春のかぜ
すこし白酒　召《め》されたか
赤《あか》いおかおの　右大臣《うだいじん》“

と、ラッパからひびく歌と音のしらべに、文平は、何だか自分も、ここにおよばれに来ているような気分になりそうでした。

「そう、そう、坊ちゃんにも、入っていっしょに歌ってもらいましょう、いいわね、みなさん。」

お人形さんも、うすさんも、きねさんも、お茶つぼさんも、みんなパチパチと、手をたたきました。

「坊ちゃんは、どこだろう、呼《よ》んできましょ。」

文平は、このお倉の中の、おひなまつりが、だんだんおもしろくなってきたので、もう、ほかのことは、すっかり忘《わす》れて、このようすを見ていました。

「坊ちゃん？　坊ちゃんなら、来ているよ、もう。」

と、どこかで、ふとい声《こえ》がしました。

「え、おや、もぐらのおじさん、来ていたの、坊ちゃんはどこに。」

野ねずみのおばさんは、目をきょろ、きょろさせて、そう言いました。

「いつも、暗い土の中ばかりにいますから、おじさんには、すぐにわかりますよ。坊ちゃん、もう、かくれていないで、出てきてくださいよ。ほら、そこに。」

いつの間に、ここへ入って来たのでしょう。いいえ、これは、お倉の地面《じめん》から出て来たのでしょう。お倉の土間《どま》には、いくつも、もぐらの穴が、あいていましたから。

「ハハ、坊ちゃん、見つけましたよ。」

と、ランプのあかりを持って、文平の方を照《て》らし出《だ》しています。

もぐらのおじさんは、茶色のぼうしに、きいろのチョッキを来て、ピンと、ひげをはやしていました。

文平は、はずかしいような、こわいような、まちがえられてしまって、困《こま》ったなあ、と、思いましたが、もうどうすることもできません。

思い切って、

「あ、みなさん、こんにちは、きょうは、いいおひなまつりですねえ、さくらも咲いて。お祝いしてくださって、ありがとう。」

と、言ってみました。そして、ピョコンと、ひとつおじぎをしました。

「あっ、坊ちゃんだ、坊ちゃんだ。さあ、さあ、こちらへ、いらっしゃいよ。」

「おもちも、ありますよ。」

「坊ちゃん、おひなまつりの歌、いっしょに、うたいましょう。」

「それじゃ、ぼく、続きの歌をうたいましょう。みなさんも、いっしょに。」

とうとう、文平は、おひなまつりの歌をうたうことになってしまいました。

古いテーブルに並《なら》んで腰《こし》かけている、五人ばやしさんが、笛《ふえ》とたいこで、ヒュールル、ポンポンと、ちょうしをとりますと、古いちくおん機は、文平のうたう声に合わせて、

〝きものをきかえて　おびしめて
きょうは　わたしの　はれすがた
はるの　やよいの　このよき日
なにより　うれしい　ひなまつり〟

と、うたいました。

みんなで、歌をうたっている、その間《あいだ》にも、お倉の中は、さくらの花びらが、ひらひらと舞っていました。

やがて、たのしそうに歌やお話がつづいていましたが、ふと、文平が、あの柱《はしら》にかけた古い時計を見ますと、どうしたことか、「デエーン」と、ひとつ、三十分の合図《あいず》の半《はん》をつげるように鳴ると、みじかい針が、だらりと六時のところまで、さがってしまいました。

そして、また、おかしなことに、「デエーン、デエーン。」と、そこで六時をうっているのです。きっと古い時計ですから、きちんと、動《うご》かないのでしょう。

「おや、もう、六時《ろくじ》半《はん》だよ。」

「たいへん、ぼっちゃんが、おうちへかえる時間だよ。」

「おひなまつりするって、言ってたよ。」

「だあれ。」

「おうちの、おかあさまよ。」

「今度、きた時に、坊ちゃんに、町のお話してもらいましょう。」

「それがいいわ。」

お倉の中では、ガヤガヤ、お話が続いていましたが、古い時計が、「デエーン」と、六《むっ》つめを鳴り終《お》えますと、それをちょうど、待《ま》っていたように、春の風にのって、ドドウと、つむじ風が、入口《いりぐち》から吹きこんで来ました。

するとどうでしょう。

またもや、さくらの花びらが、吹雪《ふぶき》のように、お倉の中を舞って、まっ白になったと思うと、あの、野ねずみのおばさんも、もぐらのおじさんも、ひな人形さんも、さくらの花びらと、いっしょになって、くるくると、空中《くうちゅう》に舞いあがって、だんだん小さくなってしまいました。

そして、花吹雪がおさまってしまうと、みんな消えたようにいなくなってしまいました。

やがて、あたりは、いちめんに　小雪《こゆき》のような、さくらの花びらだけが、ひらひらと舞っているばかりでした。

文平は、「はっ。」と思って、あたりを見まわしました。

すると、お倉のテーブルの前に腰かけていたと思ったのは、入り口の所にあった木の箱でした。

そして、その前の、ほこりだらけの箱の上の、あの、古い時計には、さくらの花びらが、いちめんに、降《ふ》りつもっていました。

「ぼくは、ここで、いねむりをして、夢でも見ていたのかなあ。」

と思って、お倉の外の方を見ると、もう、お日さまはだいぶん、西の方の山へかかっていました。

「たいへんだ、あの一本杉に、もうじきお日さまが、入ってしまう。」

文平は、おかあさんの言ったことを思い出しました。

そして、立ち上がると、思わずかけ出しました。

土蔵倉の前《まえ》の、さくらの並木道《なみきみち》をいっさんに、走《はし》って行く文平に、

「おうい、兄ちゃん、いるかあい、どこだようー。」

と言う正一のさがす声が聞こえてきました。

文平は、

「おうい、いま、いくようー。」

と、大きな声を出しましたが、ふと、後ろの方をふりかえりますと、土蔵倉の白いかべの方から、

「坊ちゃん、ぼっちゃん、また来てくださいね。」

「おひなまつりにね。」

と、ささやくような声といっしょに、五人ばやしの笛《ふえ》の音《ね》が、ヒュウ、ヒュウ、ルル、ヒャララ、ヒィヤララと、春の風にのって、聞こえてくるような気がしてなりませんでした。

文平は、白いお倉のかべの方に、手をあわせてから、ひとつ、ピョコンとおじぎをしました。

文平は、それから、また、正一の声がしている方へ、いちもくさんに、かけ出して行きました。

走って行く、さくら並木の小道の、春がすみの空には、もう赤い夕日が、げんじさまの

一本杉に、かくれようとしていました。

森の小道の所までくると、文平は、正一と出会《であ》って、いっしょになって、野道を歩いて行きました。

さくらの花びらは、ふたりの小さい影が、遠《とお》くにみえなくなっても、夕やけの空に、また、ほろほろと、散っていました。

おわり

星の子ミラ

〈もう、昔《むかし》のことです。

ある所に、小さい村がありました。それは、旅人《たびびと》も通らないような、山おくでした。うねうねとした山道《やまみち》を行くと、昔から仙人《せんにん》が住《す》むという岩山《いわやま》と、くりの木のたくさん生えている森が、あったそうです。これは、そのあたりの山の中のお話です。〉

ふもとの村に、文平という子どもがおりました。

山々が、すっかり色づいた秋《あき》のことです。日が短くなって、むこうに見える山は、もう、山のかげが、谷間《たにま》に長くのびていました。

ここは、歩《ある》くたびに、落《お》ち葉《ば》で、足がもぐってしまう山道です。

文平は、弟の正一が、友《とも》だちといっしょに、この先の山へくり拾《ひろ》いに行ったというので、後《あと》を追《お》うように、ひとりで坂道《さかみち》をのぼってきました。

もうそろそろ、正一や、友だちの声《こえ》が、聞こえてもいいはず、と思って、林の中を歩いて行くと、むこうから、山道を下りてきた仙人《せんにん》のようなおじさんに、出会《であ》いました。

「くりは、拾《ひろ》えたかな、文平。」

どうして、このおじさんは、文平の名前《なまえ》を知っているのでしょう。ここは、あまり人の通らない山道です。

文平は、ふしぎなおじさんだなと思いましたが、

「これだけ、拾ったの。」

と、持ってきた、かごの中を見せました。

見ると、かごの底《そこ》の方に、とちゅうで拾った小さいしいの実《み》や、茶色《ちゃいろ》の小つぶな、しばぐりが、少しばかり入っていました。

「小さいのばかりだな文平。この山のおくの方へ行くと、もっとたくさん、大きいくりの実が、落ちていたよ、ほら。」

と、しわだらけの、大きな手のひらに、乗せて見せました。

それは、見たこともない大きなくりの実で文平の手のひらほどもあって、ピカピカのくり色で光っていました。

「おじさん、その、大きなくりの実のある山は、この道をのぼって、まだずうーと行くの。」

「ああ、そう、おおかみ岩のそばだよ。」

「えっ、おおかみ岩だって、こわそうな名前だな、遠いの。」

「まあな、いや、せっせと歩けば、そんなでもないさ。」

おじさんは、くりの実を袋《ふくろ》にしまうと、

「文平、お前に、一つやりたいがの、これは、たのまれものでな、ほれ、のぼってくる時、大きなしいの木があったろ、その根元《ねもと》の巣《す》の中にな、動《うご》けんで泣《な》いている、りすの子にやるんだ、かまれたんだ、ゆうべあいつに。」

「お、まてよ、いいものがあった、かわりにこれをあげよう、あの、おおかみ岩の所までのぼるのなら、これを食べていくといい。きっと元気《げんき》がでるよ。」

そう言って、文平の手のひらに、木の実を一つぶ乗せてくれました。

それは、茶色の小さい実でしたが、とても香《こう》ばしい、いいかおりがしていました。

「ありがとう、おじさん。」

文平は、お礼《れい》を言って、それをポケットにしまいながら、たいへんな所に来てしまったなあ、りすの子にかみついたのは、おおかみではないかと思いました。

そして、今、おじさんが下《お》りて来た道を見ると、もう、おじさんの姿はありませんでした。足の早いおじさんだな、ほんとうに仙人のようだなあ、と思いました。

でも、何だかその、こわそうな名まえの岩の所にあるという、大きなくりの実を拾って、正一や、みんなに見せてやりたいと思いました。

それから、せっせとまた、山道をのぼりはじめました。

秋の山道には、どんぐりだの、もみじだの、やまざくらの木などが、生えていて、その林の中を名も知らない鳥が、キイキイと鳴いて飛んでいました。

しばらく行って、立ち止まって見ると、林の中は、しいんと、静まりかえっていて、何十本、何百本という生えている木が、いっせいに、歩いて来た文平のようすをじっと、見ているようです。

文平は、急《きゅう》に、その林の木にむかって、

「おうい。」

と、ひと声、大ごえで呼んでみました。

「おうい。」と、かすかに、こだまが返ってきましたが、後はまた、静まりかえったままでした。時おり、木の葉が、音も立てずに、舞うように落ちてくるばかりです。

あの、おじさんの言った、大きなくりの木は、どこにあるのでしょう。

でも、文平は、歩きながら、そうだ、もしかしたら、正一らは、あの、さっきの仙人のようなおじさんから、先にもう話を聞いていて、

〝にいちゃん、ほら、こんな大きいの。〟

と、ポケットや、かごに、いっぱい拾っているのかもしれない、と思いました。

そこで、しばらく行ってから、もう一度、

「おうい、しょういちぃ、いるかあ、どこだよう。」

と、叫《さけ》んでみました。でも、

「ようおー。」

と、言う、こだまが、少ししただけで、林の中は、やっぱり、しいんと静まり返《かえ》ったままでした。

文平の、山道を歩く足は、だんだん早くなりました。坂道をどんどんのぼりましたが、同じような林が、続いているだけで、あの、おじさんが、教《おし》えてくれた岩も、大きな木も見あたりません。

お日さまは、もう、西の方の山に、半分《はんぶん》入りかけていました。

秋の風は、涼《すず》しいというのに、文平の、からだじゅうから、どっと、熱《あつ》い風と汗《あせ》が、吹き出してきました。

それに、さっきまで夕日があたってきれいなもみじや、光っていた木の枝は、大きな黒い手を広げたように、かさなり合い、暗くなって、文平の頭の上に、のしかかってくるようです。

足は、くたびれて、前よりも重《おも》たくなり、せっせと歩いているのに、むこうに見える山は、少しも近くになりません。

おおかみ岩があるという、岩山も見あたりません。

「もう、ここらで、やめて帰ろう。」

文平は、あきらめて、ひき返そうと思いました。

そして、道ばたの切《き》り株《かぶ》に、腰《こし》をかけて休むことにしました。見ると、落ち葉に、まじって、目がねのつるのような形をした、からすうりのつるが落ちていました。

あたりの木の枝には、枯れたつるが、まきついていて、まだ、赤いからすうりの実も、一つ、ふたつ、なっていました。

文平は、その、かれたつる草を拾って、目がねにして、かけたりして、しばらく、そこで休んでいました。

「あっ、そうだ。おじさんのくれた木の実を食べてみよう、何だかおかもすいた、つかれがとれて元気が出るって、言っていた。」

文平は、ポケットから、もらった木の実をひとつ、口に入れました。すると、香《こう》ばしいかおりと、甘《あま》くておいしい味《あじ》がしました。そこで、ひと休《やす》みしたら、またのぼって行こうかな、と思いました。

ところが、文平は、歩きくたびれたのか、ねむ気《け》が出てきて、その、からすうりのつる草の目がねをかけたまま、そこで、うとうと、いねむりをしてしまいました。

それから、どのくらい時間がたったのでしょう。

「ぶんぺい、ぶんぺい。」

と、どこかで、呼《よ》んでいる声がします。

はっ、と思って、あたりを見まわしましたが、だれもいません。空には、星《ほし》が、ひとつ、ふたつ出ていました。

また、「ぶんぺい」と、どこかで声が、しました。それは、文平の足の方からするようです。

「おや。」と思って、足もとの落ち葉のあたりをよく見ました。

すると、やっと、くつのひもに、とどくぐらいの、小さいお人形《にんぎょう》のような女の子が、立っていました。呼んだのは、この子でしょうか。

「ぼくは、その、文平って言うんだけど、ぼくを呼んでいたんですか。あの、この山に、くり拾いに来ている、弟の正一や、友だちを知りませんか。」

文平が、そう言っても、聞こえないのでしょうか、その、お人形のような小さい女の子は、小さい足で、とことこと、山道を逃げるように、のぼって行ってしまうのです。

「待《ま》ってください。まってよ、ぼく、大きなくりの木のある所まで、いきたいんですよ。えっ、どっちの方ですか。」

文平が、いくら聞いても、その小さい女の子は、とことこ行ってしまいます。

文平が、その子の後をついて行くのですが、そんなに小さいのに、とても早く歩くので、文平は、かけるようにして、はあ、はあと、息をつきながら、坂道を上りました。

山の景色《けしき》もかわってきて、もう、ずいぶん遠くの山へきてしまったようです。

やがて、山の中に、大きな枯《か》れ木がたおれている所に出ました。

この木は、もう、何百年もたっていて、枯れて、たおれてしまったのでしょう。根《ね》もとの所には、大きなうつろの穴があいていました。そして、枯れてもくさらずに残《のこ》っている、その太いみきの方は、ところどころ、皮《かわ》がむけていて、灰色がかった色で、この山から、むこうの山まで、谷に橋をかけたように、横たわっていました。

「太くて、見たこともない枯れ木の大木だ。」

文平がそう思ってよく見ると、うつろの穴は、人も入れるようだし、ちょうど、山の上まで、ながながと、木のトンネルが、ねているように見えました。

明るい昼間《ひるま》なら、その先の山の方には、あのおじさんの言ったおおかみ岩が見えたのですが、もう、あたりは夕やみにつつまれていたので、文平は少しも気がつきませんでした。

文平が、むちゅうで、小さい女の子の後をついて行くと、そのたおれている大木の根っこで、大きな口をあけたような、枯れ木のうつろの穴へ入ってしまいました。

そして、どうでしょう。

その、ほら穴の中で、キラキラ光っているではありませんか。

「あっ。この子は、星の子。」

文平は、小さいお人形のように見えた女の子が、ほら穴の中で、光っているので、びっくりして、思わず、そう叫んでしまいました。

「あなたは、星の子ですか。」

「そう、わたしは星の子。ミラっていうの。」

女の子は、やっと返事《へんじ》をしました。

「星の子、ミラ?」

文平は、いつか、小さい時に、お母さんから、星の国のおとぎ話の本を読んでもらった日の晩《ばん》に、ゆめを見たのを思い出しました。

それは、銀の星が、いっぱい光っている、ゆりかごの中で、星の子が、ねていました。星の国の、子守《こも》り歌《うた》も、聞こえていました。そして、星の子は、ここにいる星の子のミラのように、白い小さいエプロンをかけて、ピカピカ光っていたのです。

文平は、目がさめてから、ふしぎなゆめを見たなあ、と思いました。そして、それをいつまでもおぼえていたのです。

文平は、光っている小さい星の子ミラに、

「どうして、星の子が、こんな山の中にいるの。」と言うと

「わたし、星の国の馬車《ばしゃ》から、おろされたの。」

「えっ、星の国から? それに馬車?」

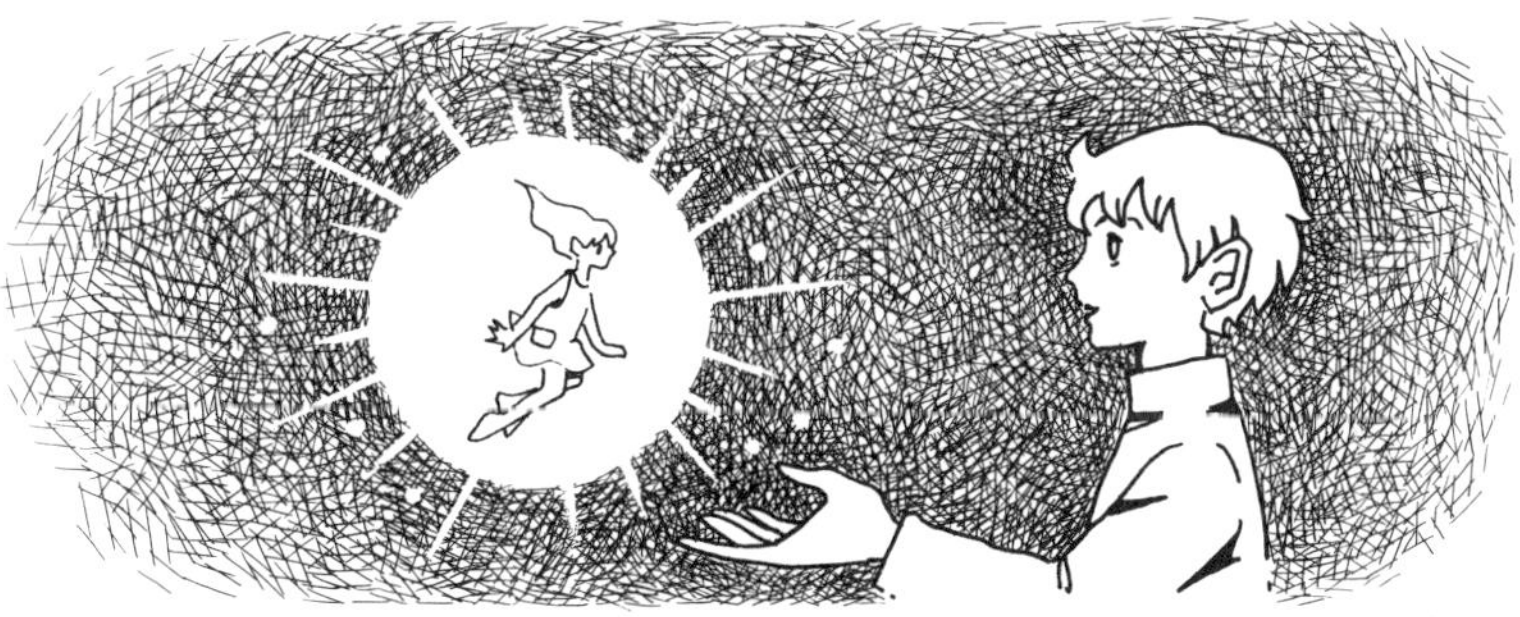

「そう、ここからは、遠い星の国よ。」

ミラは、急《きゅう》に悲《かな》しそうな顔をしました。そして、涙《なみだ》が、キラキラ光って、小さい赤いくつの上に、金のしずくのように落ちました。

「なにか悲しいことがあったの。」

と、文平が、たずねますと、

「そのお話は、この木をくぐりぬけて、あの、おおかみ岩まで行けばわかるわ。」

「えっ、おおかみ岩。」

文平は、あの、仙人のようなおじさんのほかに、星の子ミラも、その岩山を知っているなんて、ふしぎだなあと思いました。

「どっち行けば、そこに出るの。」

「わたしをその、くりのかごに乗せてください、あんないしましょう。」

文平は、おじさんが、大きなくりの実もあると言うし、何だか行って見たいような、こわいような、もう、暗くなってきたし、やめようかと思いましたが、悲しそうなミラの顔を見ると、

「ああ、いいとも、このかごに乗ってください、わけは、それから聞きましょう。」

文平は竹かごを下におろして、

「さ、どうぞ。」

と言うと、ミラは、かごの中へピョンと入り、

「この、枯れ木の、ほら穴の中をずっと歩いて行ってください。出た所が、おおかみ岩です。そこには、大きなくりの木が、生えています。」と、言いました。

「えっ、このほら穴へ入る、その先に、おおかみ岩、それに大きなくりの木。」

文平は、大きなくりの木と聞いて、元気が出てきました。中は、思ったより広くて、入って歩き出し、うつろの暗がりに目がなれると、いいえ、星の子ミラがかごの中で光っているからでしょうか。木のこぶやわれめがあったり、枝のぬけ出たような穴もあいているのが、わかりました。

たおれていたこの大木は、少しずつ上へ坂道のように木の中のトンネルがのぼっているようです。

文平が、かごを背中《せなか》にして、うつろの穴の中を歩いていくと、少ししめった所もあった

り、ポコンポコンと、音がして、たいこをたたいているような所もありました。

「それでは、お話ししましょう。」

と、ミラは、かごの中から、話しかけました。

「去年《きょねん》の秋《あき》の、満月《まんげつ》の夜のこと。星の国の女王《じょおう》さまが、みんな天の神さまの所へ集まるときに。」

「え、星の国の女王さま、天の神さま。」

「そう、天の川の、まん中に、わたしたちの、星の国の都《みやこ》がありますの。満月の夜、年に一度《いちど》、女王さまたちは、いかなくてはなりません。」

文平は、その話を聞いて、満月の晩に夜空《よぞら》を見上げとき、お星さまがひとつも見えないので、まんまるい十五夜《じゅうごや》のお月さまが出るとどこへ行ってしまうのかなと、ふしぎに思ったのを思い出しました。

「星の都は、アビラン。わたしは、町を見たいから、お母さんに一度、つれて行ってと、せがんだの。」

「うん、そしたら。」

「星の都アビランは、子どもの来てはいけない所なの。でも、どうしても見たかったの。わたしは、星の都へ行くという旅の馬車の、星くずの中にかくれていたの。

そしたら、馬車は、わたしの星のくにから、まっすぐに天にのぼり、それから、きれいな流《なが》れ星《ぼし》に乗って、高く遠くへ、風のように早く渡って行きました。

そうして、この青い水の星の国、ここでは地球《ちきゅう》と言うのね。でも、わたしたち星の国では、そう呼んでいるの、その青い水の星の、この山の大きなくりの木と、あの高いおおかみ岩の所までくると、馬車の行列《ぎょうれつ》は、ちょっと休んでいきました。」

文平は、いつか満月の出るころ、この山の林の空が、急に明るくなったのは、きっと、そのせいかなと思いました。

ミラのお話は、それから、

「その時、わたしは、馬車の中で見つかってしまったの。それで、お母さんは、この山のおおかみ岩の、てっぺんにある、岩むろに、そっと、わたしをおいて行きました。来年《らいねん》の秋の、満月の夜に、きっとむかえに来るからね、と。」

文平は、うつろの木の中を歩きながら聞いています。

「そして、お母さんは、星くずと銀《ぎん》のスプーンをわたしのそばにおいて、言いました。おなかがすいたら、このスプーンで、天の神さまに、おねがいしなさいと。」

「え、星くずと、銀のスプーン。」

「ええ、銀のスプーンで、こうして、天の神さまにおねがいすると、星くずは、星の国のお料理《りょう》になるの。ミルクや、チーズや、フルーツ。それに、おいしいスープやパンにも。」

「うわあい。いいな、星くずの料理店《りょうりてん》だね。」

「そう、その星くずのお料理を作っていたら、岩の下で、森のおおかみの悪太《あくた》が、かぎつけてきたの。」

「えっ、おおかみが出たの?」

ミラは、そこまでお話するとまた、しくしくと泣《な》き出《だ》しました。涙が、かごをつたわって落ちました。ほの暗い木のうつろの中で、金のしずくが光って、ほたるのように見えました。

「そうして、この岩の上までのぼってきて、わたしをいじめて、料理を作らせ、森のおおかみどもに分《わ》け振舞《ふるま》い、悪者《わるもの》のかしらになっているのです。」

「おおかみの悪者めが。」

「ええ、そのうえ、わたしのだいじな、星の国の鏡《かがみ》まで取ってしまったの。」

ミラは、小さい目に、涙をいっぱいためています。

「えっ、星の国のかがみって。」

「ええ、それは、わたしたち星の国の子どもがみんな持っているの。その鏡は、お月さまの光があたると、何千倍《なんぜんばい》にも光ります。そして、それで、いろいろ合図《あいず》して、よその星からでも、空を渡《わた》って、わたしの星の国へ帰れるの。」

「では、それがないと。」

「はい、星の国へ帰ることが、できません。」

「悪いやつ、おおかみめ。」

文平は、そう言えば、前に峠のくまさじいさんから、冬の寒い晩《ばん》にこの山の方で、うなるような、けものの声を聞いたことがあると、話していたことを思い出しました。

「いや、もう、おおかみなんぞ、山には住《す》んでおらんじゃろ、あれは、わしの空耳《そらみみ》だったさ。わしももう年だわさ、ハハハ。」

と、笑って話していました。

しかし、文平は、おおかみは、なかまを集めて、群《むれ》となって弱《よわ》いけものをおそう、おそろしい森の悪者だと思っていました。

文平は、いつか、〝狼《おおかみ》と羊《ひつじ》かいの話〟という題《だい》の本を読んだことがあります。

それには、口が耳までさけているとか、目だけ暗い森の中でも光っているとか、昔はよく羊や羊かいの村のりょう師《し》までたべられてしまったとか。そして、おとなしい羊の子まで、何びきもの狼の群《むれ》が、固《かた》まっておそっている絵《え》が、のっていました。

そのせいでしょうか。ほんとうに、おおかみがきらいになってしまったのです。

読んでいるうちに、こらしめてやろうと、思ったことが、何回かありました。

文平は、ミラのお話を聞きながら、うつろの木の中をだんだん上の方へ歩いて行きます。

「この木のトンネルを出た所が、おおかみ岩で、そのそばの大木は、大きなくりの実のなる木よ。」

ミラの話のとおり、木の暗いうつろの中を出た所に、高いごつごつした塔《とう》のような岩山と、その横には、みごとな大木のくりの木が生えていたので、文平は、びっくりしました。

それは、星あかりの空に、どこまでも天をつくような、赤黒《あかぐろ》い大岩《おおいわ》と、くりの大木です。

「これが、あの仙人のような、おじさんの言った、おおかみ岩で、あれが、くりの木か。」

文平は、さっそく、くりの木の下まで行くと、落ち葉の中を、棒《ぼう》でかきわけて、くりの実をさがしてみました。

が、どうしたことか、ひとつも、くりの実は出てきません。もう、だれかが、早くきて拾《ひろ》ってしまったのでしょうか。

それでも、しばらく、ガサゴソと、落ち葉や、枯れ枝の中をさがしましたが、くりの実は、ありませんでした。

ただひとつ、ちいさいスプーンが、枯れ葉の下からでてきただけでした。

「なあんだ、これは、アイスクリームのスプーン、だれか、夏《なつ》の間《あいだ》、この山に遊びにきて、ここで食べて、捨《す》てたんだ。」

そう思って、捨てようとしましたが、何だか、星の光で光っているみたいだ。きれいだから、捨てるのはもったいないと、そっと、ポケットに拾っていれました。

ミラは、おおかみ岩の方を見上げながら、話を続けていました。

「そのうえ、おおかみのかしらになった悪太《あくた》は、遠くの山で、たいじに来た、りょう師《し》の、ごんぞうというおじさんをかみ殺《ころ》したらしいの。その服《ふく》を着《き》て、鉄砲《てっぽう》を持って、森のみんなをおどしているのです。」

「それで、ほかの、おおぜいのおおかみも。」

「はい、悪太の言うなりになって、きょうは、満月の晩。森中のおおかみを集《あつ》めて、この岩の上で、パーティを開くのです。」

「おおかみの晩餐会《ばんさんかい》か。」

「ええ、それで、きのうから、悪太は、わたしに星くずで、うまい料理をこしらえ、みんなに出せ、と言うの。でも、銀のスプーンが。」

「銀のスプーンが。」

「はい、わたしは、悲しくなって、このおおかみ岩の、てっぺんにあります岩むろの、その星くずの料理店から、ベランダへ出て泣いていました。そうしたら、何かのはずみに、ベランダの板《いた》のすき間《ま》から、下のくりの木のほうへ落ちてしまいました。」

「おや、それで。」

「でも、満月の出るころ、悪太の岩山のてっぺんの、おおかみの遠吠《とおぼ》えを合図に、森のおおかみどもが、みんなやってくるのです。」

「それで、悪太は、早く料理を作れ、スプーンを拾ってこいと言うんですね。」

「はい。」

「それでわかった。スプーンをさがしに、この、うつろの木の方まで行ったり、さがしあぐねて、森の中で、とほうにくれていたんですね。」

「ええ、日は、暮《く》れるし、いくらさがしても、出てくるのは、木の葉や虫けらばかりで、とうとう、あそこまで歩いて行きました。」

「それでは、あなたの星の国の鏡のほうは、悪太は、どうしたんだろう。」

「ええ、へへ、いいもの、もらった、これは、おかしらの首《くび》かざりだ、しるしだ。といって、見え張《ば》りの悪太は、むねにぶら下げて、いばっているのです。」

「ごんぞうという、りょう師さんから、うばった服《ふく》と鉄砲は。」

「はい、この岩のてっぺんにある、岩むろの料理店《りょうりてん》の天井には、岩穴《いわあな》があります、そこへかくしてあるのを、お料理をしながら、そっと、見つけてしまいました。」

ミラは、林の上の空を見上げると、

「さあ、お月さまが、出ないうちに、この岩の上の、料理店まで、のぼってしまいましょう。おおかみどもが、やってこないうちに。」

「うん、でも、なくしたスプーンは、どうするの、さがさなくていいの。」

文平は、そう言うと、ポケットに手を入れてみました。拾った小さいスプーンを思い出したのです。

「もしも、これが、その、ミラの銀のスプーンだったらな、いや、そんなことはない、これは、ただの、ちっちゃなアイスクリームのスプーンだ。」

と思いましたが、そっとだしてみて、

「これが、さがしていた、銀のスプーンならいいね。」

と、ミラに見せました。

「あっ、あった、これ、これは、お母さんのくれた銀のスプーン。よかったわ。」

ミラは、かごから、ぴょんと飛び上がって、よろこんでいます。

「ありがとう、ほんとによかったわ、わたしのだいじなスプーン、見つけてくれて、ありがとう。」

「よかったねえ。さ、どうぞ、しまっておいて。」

ミラが、その小さい銀のスプーンを、白いエプロンのポケットに、しまうのを見て、文平は、

「でも何だか、ふしぎだなあ、ぼくが見つけた時は、すてた、ただの小さいアイスクリームのスプーンだったのに、いまは、また、あんなに小さくなって、あかりがついたように光りかがやいていている。」

文平が、ひとり言をいって、よく見ると、ミラの白いエプロンの、小さいポケットの中が、光っていて、まるで、大きいほたるが止まっているようでした。

「これでよかったわ、さあ、早く、岩のてっぺんまで、のぼってしまいましょう。もう、泣かないわ。」

ミラは、急に元気が出たように、そう言うと、今度は、先に立って、細《ほそ》い岩《いわ》だらけの、坂道をのぼりはじめました。

「よし、行こう。」

文平も、後についていて、岩の道をのぼってゆきます。

おおかみ岩は、上へのぼるほど、高く高くそびえていて、天までとどくような、こんな岩山は、だれものぼる人はいないだろうと思いました。

ミラは、岩の上でも、坂道でも、軽《かる》そうに、ピョン、ピョンと、小鳥《ことり》が歩くように、はねながら歩きます。

文平は、はあ、はあ、息《いき》をしながら、それでも、せっせと、ミラの後に続いてのぼりました。

文平が、岩の坂道のかどで、ふと、下の方を見ると、だんだん、お月さまが出るのでしょう、山のはしが、少し明るくなってきていました。

そして、大きなくりの木の枝ごしに見える、下の景色は、森に続くふもとの、文平の村も、となりの村も、峠の山も、夏に遊んだ、むじな川も、みんな、月《つき》の出《で》の前の、ほの暗《ぐら》い空の下に、しずんだように、ぼんやりと、かすんで見えました。

文平は、それを見て、ずいぶん高い所へ来てしまったなあと思いました。

それから、岩ばかりの坂道をどのくらい歩いたでしょう、ミラが、

「もう少しよ。あの、とがっている岩をまがった所が頂上で、横に岩むろが見えます。」

と言うので、やっと、そこが坂道のおわりになっているのがわかりました。

その、せまい道のおくに、岩にぶらさげた板が、かかっていました。

木の板《いた》には〝星くずの料理店・悪太〟と書いてあって、その横の木のドアには〝会場《かいじょう》〟とはり紙《がみ》がしてありました。

そこに着くと、ミラは、

「早く入って、ドアをしめて。」

と、言いました。

文平は、中へ入って見て、びっくりしました。そこは、岩をくりぬいたような部屋《へや》で、岩が欠《か》けおち

た所は窓《まど》になっていました。かべには、ランプがかざりつけられ、丸い木のテーブルには、お皿《さら》がたくさんならべられてありました。

岩の天井《てんじょう》の方を見ると、ミラが言ったとおり、すみのほうに、丸い穴《あな》があいていて、中のほうが、暗くなっていました。あれが、天井うらの、かくし穴かと思いました。

「文平。天井のかくし穴から、服と鉄砲を」

「よし。」

文平は、テーブルをよせて、いすをその上に、つんで岩のかべをよじのぼると、天井の穴から、りょう師の服と、鉄砲を持ち出してきました。

「さ、早く、それを着て、ごんぞうになって。」

「えっ。」

文平は、びっくりして、はじめは、少しこわいなと思いましたが、ミラの言っていることが、だんだん分かってきました。

「ぼくが、この服を着てりょう師のごんぞうさんになる？　ああ、いいよ、よしわかった。」

文平は、りょう師の服を着ると、なんだか、勇気《ゆうき》がわいてきて、こわい気持ちがなくなりました。

あの、森の悪いおおかみどもがやってきたら、もう逃《に》げる所《ところ》はない。たたかうしかないんだ、うん、鉄砲だってある。

文平は、ここで、覚悟《かくご》を決めました。服の上に弾倉《だんそう》ベルトをつけ、短剣《たんけん》をつると、もう、一人前《いちにんまえ》の森《もり》の狩人《かりゅうど》のごんぞうになっていました。

「もう一度、天井の穴に、かくれていて。わたしが、お皿を落としたら、それを合図に、出て来て。そして、悪太から、星の国の鏡を、わたしの大事《だいじ》な鏡を取り返して。」

「ああ、よし。」

ごんぞうになった文平は、少し服が、だぶだぶしていましたが、また、テーブルと、いすをよじのぼって、天井のほら穴にかくれました。

もう、十五夜のお月さまが、森の上にのぼってくるのでしょう、東の空が、ずっと明るくなっているのが、岩の窓から、分かります。

文平は、かくれたほら穴から、じっと息《いき》をこらしていました。

やがて、しばらくすると、下の方から、コツコツと音がして、木のドアが、ギイーと、あく音がしました。

「料理はできたか。」

悪太の声です。

「何だ、これきりか。」

太い声で、そう言うと、いまいましそうに、

「早く、銀のスプーンに、お願《ねが》いしろ、もっと料理を出さないか。」

「なに、まだ、落としたスプーンが見つからないと。この、のろまめ、もう、満月《まんげつ》が出たぞ。森のみんなが、集まって、ここへのぼって来るというのに。」

悪太は、おこって、毛《け》むくじゃらの、その前足《まえあし》で、テーブルの上にいた、小さいお人形のような、ミラのからだをグイと、押《お》しました。

すると、ミラの持っていたお皿が、手からはずれて、

「ガチャーン。」と、大きな音を立てて、下の床《ゆか》に落ちて、われました。

「まてい。」

その時です。ひとりの、りょう師の男が、天井の岩のあたりから、飛びおりてきました。

ごんぞうの服を着た文平です。

お皿のわれる音を聞いた文平は、思いきりよく飛び下りたのです。そして、悪太に向けて、鉄砲をかまえると、

「首《くび》にかけている、その鏡をよこせ。」

文平が、ごんぞうのような太《ふと》い声で、そう言いますと、悪太は、しぶしぶ、むねにかざっていた鏡をはずして、渡《わた》しました。

「おれは、りょう師のごんぞうだぞ。これこのとおり生きている。もう、お前らの弱《よわ》い者《もの》いじめを見ているわけにはいかん。」

と言って、ごんぞうの文平が、つめよると、悪太は、ドアの方へ後《あと》ずさりしながら、

「ウォーオー。ウォオー。」と、三回《さんかい》吠《ほ》えて、おおかみ仲間《なかま》に、遠吠《とおぼ》えの合図《あいず》をしました。

悪太の、その、おそろしい声は、森じゅうにひびき渡《わた》りました。

見ると、顔《かお》は、口が耳までさけ、まっ赤な舌《した》が、月の光に照らし出されて、すさまじい顔つきになっていました。

ほんとうに、おおかみ岩の名前の通り、昔から、この岩のてっぺんで、こうして、何か

あると、森の仲間のおおかみどもに、知らせていたのでしょう、それは、森のほかの小さいけものや鳥がこの声を聞くと、きっと身ぶるいするくらい、おそろしかったことでしょう。

やがて、悪太の吠える声を聞いたのか、間もなく、窓の所に、何びきかの、おおかみの黒いかげが、うつったかと思うと、

「ガタン。」と音がしました。

「あっ、窓におおかみが。」

ミラが、叫《さけ》んだその時、その中の一ぴきの黒いおおかみが、窓《まど》をつきやぶって、飛びかかってきました。

「ダーン。」

りょう師の、ごんぞうの鉄砲が、ふりむきざまに、火を吹きました。文平が、むちゅうで、一発《いっぱつ》うったのです。飛び込んできた、そのおおかみは、ドタリと、床に落ちて、黒い毛の腹《はら》を見せ、動かなくなりました。

そのすきに、悪太は、ミラに飛びかかって、つかまえると、

「ウフフ、この子は、さらっていくぜ。へっ。ごんぞうか、撃《う》つなら、撃て、撃てないだろう。ウへへへ。」

と、ミラを鉄砲の前へつき出しながら、逃《に》げようとしました。

ミラは、大きな声で、

「文平。わたしの鏡、その鏡をお月さまに。早く、お月さまの方を向いて。」

と、叫《さけ》びました。

「えっ、この鏡を、お月さま。」

文平は、りょう師の服のむねに、悪太から取りもどした、ミラの星の国の鏡をかけていました。

文平が、ミラの言うとおり、お月さまの方をふりむくと、その鏡に満月の光が、あたっ

て、ピカリと光りました。

するとどうでしょう。何千万《なんぜんまん》という稲妻《いなずま》の光が、いちどに集《あつ》まったように、すさまじい光が、森中《もりじゅう》に光りました。それは、目のくらむような強《つよ》い光で、おおかみどもの目《め》を射《い》たのです。

「ギャーッ。」

と言う悪太の声が、ドアの外《そと》でしたかと思うと、ベランダから、まっさかさまに落ちてゆきました。

その黒い大きなからだは、岩の出たところにつきあたりながら、もんどりをうって岩の下へ、下へと落ちて行きました。

文平は、窓から入ってくる、ほかのおおかみどもを撃とうと、鉄砲を窓から、下に向けて、かまえました。

そして、下の方を見て、びっくりしました。

「ああ、あれは。」

と言うと、

「おおかみよ。のぼってきたのよ、あそこまで。」
と言ってミラが指さす方を見ると、何百ぴきという
おおかみの群《む》れが、ばらばらと黒いかたまりのよう
に、岩の坂道のとちゅうから、何回も、岩かどにぶ
つかりながら、下に落ちて行くのが、見えました。
さっきの、すさまじい光にあてられたのです。
やがて、その黒い、おおかみどものかたまりは、
この岩山から、あのくりの大木の根もとを、まっく
ろに埋《う》めつくすほど、おびただしい死がいの山とな
って、つみかさなっていくのを、文平は見ました。
森の空の、すさまじい光は、だんだん色がかわっ
て、ピンク色から、むらさき色になり、それから、
もとのお月さまの、空の光にもどりました。
光が、もとにもどった時、文平は、どこか遠くの

方から、ブォーン、ワォーン、というような何ともいえない音が、波《なみ》のように、森中《もりじゅう》にひびいていたので、光ったときの音が、こだまのように、返ってきたのかなあ、ふしぎな音だなあ、と思いました。

もとの夜空《よぞら》にもどると、何ごともなかったように、満月は、十五夜の空に、こうこうと照っていました。

文平は、りょう師の服や、鉄砲をかたづけると、星の国の鏡を、ミラにかけてやりました。

「ありがとう、文平。」

ミラは、今度は、その鏡を遠くの空へ、合図でもするように、上に向けて、チカチカと、何回《なんかい》か光らせていました。

しばらく、ミラは、ベランダから、空を見上げていましたが、

「ほら、もうすぐ、お母さんたちの、おむかえの馬車がくるわ。あそこの空で、星がひとつ流れたわ。」

と、言いました。ミラが、言った方の空を見ると、遠くの山の上で、赤い色をした流れ星《ながれぼし》

が、すうーと消えました。

満月の晩なのに、強い光をはなっているのでしょう。夜空に、きれいに見えました。

「あ、来てくれたわ、おかあさーん。」

ミラが、そう言っても、文平には、少しも見えません。ミラには、遠い夜空の、星の光が、よく見えるのでしょう。

文平の目には、しばらくしてから、やっとそれらしい星の光が、わかるようになりました。

やがて、その星の光は、だんだん明るく、大きくなりました。

「目が、くらんでしまいます。これをかけていてください。」

ミラは、星くずの中から、金色をしたつるだけの、目がねをくれました。

「星くずでできた目がねよ。わたしが、天の神さまにおねがいして作ってもらったの。」

「へえー。」

文平が、ふしぎそうに、その目がねをかけて見ると、つるだけで、レンズもないのに、とてもよく見えるのには、びっくりしてしまいました。そして、目がねをとおして、よく見ると、さっきの夜空の星の光は、もっと大きくなっていて、やがて、尾をひいた、ほうき星《ほし》のような形になってきました。

ほうき星の先の方は、だんだん大きくなります。やがて、空に光の橋をかけたようになってきました。

その、光りかがやいている先の方は、どんどん、このおおかみ岩のてっぺんに、向かってやってくるのです。

文平は、つるの目がねをかけて、すいこまれるように、このようすを見ていました。

やがて、ミラのお話のように、光の橋のような、ほうき星の先の方は、金色の馬車になっていて、後には、何台《なんだい》もの、金や銀や、赤や青の、星の国の馬車の行列《ぎょうれつ》が続いているのが、わかるようになりました。

それは、たくさんの流れ星をちりばめたような、まばゆい光《ひかり》の虹《にじ》の橋《はし》のようにも、見えました。

そして、だんだん形も大きくなり、星の国の女王《じょおう》さまが、ならんでたくさん乗っているのも見えるようになりました。

「ミラ。星の子ミラ。」

光の馬車の方から、お母さんの呼ぶ声が、しました。

「おかあさん、ここ。」

ミラの白いエプロンのむねに、さげた星の国の鏡が、チカチカひかりました。

すると、ミラは、岩のてっぺんに出ているベランダから、すうーと消《き》え、ひらひらと、小さい金色のお人形が空を舞っていくように、女王の服を着たお母さんの金色の馬車の方へ、吸《す》いよせられるように、行ってしまいました。

「さようなら、文平。ありがとう。」

夜空の上から、ミラの声だけしていました。そして、ミラとお母さんは、ならんで馬車に乗り、ピカピカ光りながら帰って行きました。

やがて、馬車の光の行列は、だんだん小さくなり、また、ほうき星のような形になりました。

文平は、目がねをはずすのもわすれて、それが、きらきら光った橋の形から、小さい赤い星の流れ星になって、むこうの山の暗い空へ、すうーと消えてしまうまで、じっと見ていました。

「さようなら、星の子ミラ。」

文平は、大きな声で、空に向かって叫びました。

すると、

「おい、文平。なに、大きな声を出したりして、まだ、そこでくり拾いしてたのかい。何、もう正一らは、帰ったよ。」

と、どこかで聞いたことのある声がしました。あの、はじめの山道で出会《であ》った、仙人《せんにん》のような、おじさんの声です。

文平は、はっと思って、ミラのくれた目がねをはずしてよく見ると、仙人のようなおじさんは、村の市作《いちさく》じいさんでした。

そして、文平は、もとの山道の、切《き》り株《かぶ》に腰《こし》かけていました。

「おじさん、こんにちは。」

そう言って、ミラに、もらったと思った目がねをよく見ると、どうでしょう。

さっき、ここで拾った、あの赤い実のなっている、もとのからすうりのつるになっているではありませんか。

目がねのつるのような、そのつる草は、文平の手のひらの上で、ひからびたようになっていました。

文平は、その、細《ほそ》いくねっているような、からすうりのつるを大事《だいじ》そうに、ポケットへしまい込みました。

木《き》こり姿《すがた》の市作じいさんは、このようすを見ていて、にっこり笑って言いました。

「やあ、文平。この山で、何かいいもん見つけたかい、そりゃいいな。わしも、きょうの山仕事《やましごと》は、かたづいた。さあ、村までいっしょに帰ろう。」

「うん。」

文平は、腰を上げながら、

「おじさんは、この山で仙人に、行《い》き会《あ》わなかった。」と、聞いてみました。

「アハハ、山道で出会った、茸《たけ》がりの衆《しゅう》もな、おじさんが山から下りてくると、仙人がいたと言ってたよ。毎日《まいにち》、山仕事をしていると、仙人に見えるらしい。文平も、そうかね。」

「うん。おじさん、仙人って、ほんとうに、山に住んで、かすみを食べていたの。」

「ハハ。さあね、こんな山のおくだ。昔《むかし》は、そんな人がいたかも知れないよ。ほれ、文平、あんなに大きい十五夜《じゅうごや》さまだ。」

木の枝の杖で、おじさんが、空をさす方を見ると、むこうの、どんぐりの林の上には、もう、まんまるいお月さまが、のぼっていました。

文平が、落ち葉のつもった山道を歩き出しますと、大きなお月さまも、にっこり笑って、下りて行くふたりを見ているようでした。

おわり

ごんすけやまの北風小僧

いつの頃《ころ》、誰《だれ》がつけたのでしょうか。

文平の村に「ごんすけやま」という山がありました。昔《むかし》は、きつねがたくさん住んでいたというのですが、ほんとうの山の名前は、今では、誰も知りません。

それは、ある寒《さむ》い冬《ふゆ》のことでした。冷たい北風《きたかぜ》が、その山から、下の村に吹きつけていました。田んぼの中の、いねをかけた竹が、ヒョウ、ヒョウと、笛のように鳴り、野道の、せりや、なずなや、れんげそうの小さい葉っぱは、かくれるように風をよけていました。

「正一、あの山は、ごんすけ山っていうんだよ」

「うん」弟の正一も山を見ていました。

「おう、さむい、さむい。あの山から北風がくるんだよ」

「兄ちゃん、北風小僧《きたかぜこぞう》が、あの山にいて風をよこすんだね」

「うん、ヒョウ、ヒョウ鳴《な》るのは、北風小僧の口笛《くちぶえ》かな」

文平は、思い出しました。いつか小雪のふぶいた寒い日の暗い空に、雪の花びらの絵のついた本が、風にのって、ひらひら、舞《ま》っていました。そのすぐ近くの雪の中に、やっこ凧《だこ》のような形の北風小僧が、楽《たの》しそうに、フワ、フワと浮かんでいました。そして、空が少しあかるくなって、雪が小降《こぶ》りになると、いつの間にか、雪ぐもの中に消えていました。

ほんとうに、北風小僧は、空を舞《ま》っていたのでしょうか。いいえ、あれは、きっと冬の寒い晩《ばん》、文平が見たゆめだったのでしょう。

それから、二人は、ごんすけ山の細い山道をのぼって行きました。山は、すすきにまじって、はぎや、くりの木や、所々《ところどころ》に、まつの木も生えていて、黄色や茶色の落ち葉で、道がうまっていました。

とちゅうで、下の方を見ると、文平の村は、川だけが細く長く光って見えました。

「兄ちゃん、北風小僧は、ほんとにこの山に、いるのかな」

「もっと上の、高い所かも知れないよ」

二人は、だいぶ高くのぼったのでしょう。むこうの山の、木の葉が、何まいも風にのって、渡り鳥のように、空に舞い遠くまでとんで行くのが見えます。

村から見ると、ごんすけ山は、小さい山でしたが、そばへ来てみると、急な坂道には、二人の背《せい》より高い草が生えていて、正一は、頭も見えません。ゴソゴソと、すすきの葉が動くので、「正一、こっちだぞ」と、文平が言うと、正一の頭だけが、すすきの中から出て、

「うん、よいしょ、こらしょ」と、言いながら文平の後をのぼって来ました。

とうとう二人は、山のてっぺんでしょうか、まつの木の所に、大きな岩が、いくつも立っているところへ出ました。

「兄ちゃん、休もうよ」

正一は、くたびれたのでしょう、すすきの中に、ねころんでしまいました。文平も、ねころんで空を見ていました。

「兄ちゃん、すすきの中って、あたたかいんだね」

「うん、風の来ないところで、きつねもねていたって、山のおじさんが話してたよ」

「きっと、この山の、すすきの中に、北風小僧も、きつねの子も、かくれているんだね」

二人は、あたりを見まわしました。岩《いわ》の向こうは、枯《か》れたすすきが、風にゆれていて、その上を吹き上げる風に、まつの葉が、ゴウ、ゴウと、鳴りわたっているばかりです。

空には、北風小僧が、ちぎっては投げているのでしょうか、白いまわたのような雲が、青い空に、いくつも、いくつも出てきます。

「ぼく、あのくりの木の所まで、たんけんしてくる」

「正一、あんまり遠《とお》くへ行くなよ、兄《にい》ちゃんは、あの岩のむこうまで行ってみてくる」

二人は、すすきの中から起き上がると、別々《べつべつ》になって、道もないところをゴソゴソと歩きました。

文平が、行った所には、岩がいくつもあって、まつの木とすすきで、先《さき》の方は、よく見えません。

そこは、岩のあるおかげで、風も少ない所でした。文平はどんぐりの木の下の、切《き》り株《かぶ》に腰《こし》かけてみました。

腰かけたまま、じっと耳をすましていました。すると、ふと、どこからか、かすかに話し声がしたようでした。

ごんすけ山の、りすの子が、木《き》ねずみと話でもしているのでしょうか、それとも、山うさぎでしょうか。

ほかに、この山に誰か、のぼってきているのでしょうか。いいえ、向こうの山まで、葉の落ちた木や、すすきが、風にゆれているばかりです。

文平は、そっと立って、岩のむこうを見ました。そして、「あっ」と、おどろきました。すすきの中に、何かいたのです。それは、長いしっぽに、茶色《ちゃいろ》の目、毛《け》のフサフサした、野《の》ぎつねでした。

それに、あの、そうです、北風小僧も、いたのです。それも、きつねが、お母さんか、先生のように、北風小僧にお話の本をそばで、読んでやっていたのです。

その本の表紙《ひょうし》の絵《え》を見て、文平は、また「あっ」と、おどろきました。それは、あの、いつか雪の日に、空に舞っていた本の、雪の花びらの絵と同じ絵が、ちゃんとついているではありませんか。そしてどうでしょう。

北風小僧の、よこにねかしてある、白い大きな袋《ふくろ》が、口をあけて、風をドウドウと吹き出しているではありませんか。風はその袋から、いきをしているように、ブォウ、ブウブウ。ビュウ、ブウブウと、下の方へ吹《ふ》きおろしていました。

文平は、この風が、村の方へ来るんだなと思いました。そして、そっと、かくれるようにして、話を聞きました。

「それで、北風くん、まだ、風を吹かすのかい」

「うん、ぼくが、ここで、こうやって風を吹かさないと、こまるんだよ」

「へえー、この寒いのに」

「ああ、下の村の人たちがね、いねや、だいこんや、切《き》りぼしいもをかわかすのに、去年《きょねん》は、風が出ないって、

こぼしていたんだ」

「そうか、それで、その本を読《よ》むひまもないくらいか」

「そうなんだ、ごんすけくん、もう一度《いちど》はじめから読んでよ」

「よし、よし、ゆっくり読んでやるからね。よく聞いていてよ、いいかい、ねちゃだめだよ。まき三の一、かたばみの話、それは寒い冬のことでした。だれも住まない野原がありました。所々《ところどころ》に、やせた草にまじって、かたばみと、たんぽぽが生えていました。いい、北風くん、聞いているかい」

文平は、きつねの読んでいるお話を聞いているうちに、だんだん、その本が見たくなりました。でも、じっとかくれていました。きつねの本読《ほんよ》みは、続いていました。

「その、冷たい北風の吹く所に、へばりついたように生えている、たんぽぽに、かたばみは、『たんぽぽさんは、どうして、そんなに寒いところいるの、この大きな石さんの横《よこ》においでよ、暖《あたた》かいわよ』と、話しかけました。

『ありがとう、かたばみさん。ぼくは、ここが一番《いちばん》いいんだ、風の吹く所でないと、こまるんだよ』

『へえー、どうしてかな、こんな寒いのに、北風や雪《ゆき》の吹きつけるのをがまんしているなんて、私は、いやだわ』

『かたばみさん、春がくれば、わかりますよ』

大きな石は、横《よこ》で聞いていて、そう言いました」

文平はずうっとこの話を聞いていたので、この時、正一が、「おうい、兄ちゃん、どこだあ。帰《かえ》るよう」と、遠《とお》くで呼《よ》んでいたのでしたが、少しも耳に入りません。

きつねのお話は、まだ続いていました。

「やがて、少し暖かい日が続き春がやってきました。大きな石のそばで、葉っぱを広げた、かたばみは、ある日のこと、青い空に、フワリ、フワリと、たんぽぽのたねが、風にのって、とんで行くのを見ました。

『いいわね、いいわね。たんぽぽさんは、あんなに高い所をとんで行って。私は、いつも地面《じめん》に、くっついてばかり。私もつれてってよ』と、言いました。たんぽぽは、空から、

『こんにちは、かたばみさん。ぼくが、冬の寒い日に、こんな所でもいいと、言ったわけが、わかったでしょ。ぼくは、これから、風の吹くまま、どこへ行くのかも知れないし、

ついた所で、がまんして、暮《く》らさなきゃならないんだよ。きみが、そこにいるのは、お母さんや石さんのおかげだよ。きみには、そこが一番いいんだよ』

そう言って、また、フワ、フワと、とんで行ってしまいました。むこうの、あれ地に生えていた、かたばみのお母さんは、『ねえ、お前、たんぽぽさんは、冬の間じゅう、どんなに、つらくても、北風や雪をがまんしていたから、風にのって、遠くまで旅《たび》ができるのですよ。お前もそこで、じょうぶな根《ね》を張《は》るんですよ』と、言いました。

青い空には、いつの間にか、ちょうちょが、ヒラヒラと舞っていました。おわり、おしまいだよ、北風くん」

どこかで、ゴウンと一つ、山寺《やまでら》のかねが、鳴《な》っています。文平は、「はっ」と思って頭を上げました。

「おや、もう日が暮れる。」きつねの本読みのお話を聞いているうちに、あんなに吹いていた北風もやんで、あたりは、急《きゅう》に静《しず》かです。

見ると、北風小僧のそばにあった、風の袋《ふくろ》は、すっかりしぼんで、布《ぬの》きれのようになっているではありませんか。そして、きつねも、北風小僧も消えたようにいなくなり、山は、枯《か》れたすすきが、ぼうぼうと夕日《ゆうひ》に映《は》えているばかりでした。

文平は、何か、うそ寒《さむ》くなってきました。「おうい正二」と、山に向かって叫びました。するると、山の下の方から、かすかに、「こっちだよう」と言う声が返《かえ》ってきました。

見ると、村の森の方には、あかりがちらちらついて、暗くなっています。文平は、もと来た山道をいちもくさんに、かけ出しました。その時、どこからか、誰が歌うのか、誰もいない山から、文平を追《お》いかけるように、

〝大さむ、小さむ、山から小僧《こぞう》がとんできた、

ごんすけ山のごんすけ、コンコン。

北風小僧の、さぶろうが、ごんすけ山の風吹《かぜふ》かす、

大さむ、小さむ、きつねのごんすけコーン、コーン〟

と、悲《かな》しそうな歌声《うたごえ》が、ごんすけ山の、峰《みね》から谷へかけて、風のように、ひびき渡りました。

文平は、もう、山をころげるように、おりて行きました。

おわり

なっちゃんと魔法の葉っぱ

1　ハーブの舟

お天気のよい日でした。

なっちゃんは家に帰《かえ》ると、ひとりで庭《にわ》に干《ほ》してあったおふとんを縁側《えんがわ》に入れていました。

「なっちゃん、学校が早かったら、おふとんしまってね。」

なっちゃんは、まだ小学生なのですが、お母さんが働《はたら》いているので、よくお手伝《てつだ》いをします。

「よいしょ、よいしょ。」

なっちゃんは、小さいからだでやっと、おふとんを運《はこ》んでしまいました。

「あーあ。くたびれたよ。」

そう言って、おふとんの上にねころんで、

「うわあい、あったかいわ。」

なっちゃんは、ふかふかになったおふとんにくるまっています。

「まあいいにおいだこと。」

なっちゃんが、ひとり言《ごと》をいって、よく見ると、おふとんには、ハーブの葉っぱが一まいくっついていました。

きっと、小さい体《からだ》のなっちゃんがおふとんを運んだ時に、芝生《しばふ》に植《う》えてあったハーブの葉が取れて、ふとんについてきたのでしょう。

なっちゃんは、ハーブの香《かお》りと、おふとんのお日さまのにおいで、とてもよい気持ちになりました。

そして、そこでそのまま、眠《ねむ》ってしまったのです。

「なっちゃん、なっちゃん。」

「ちょっと見においでよ、来てごらん。」

どこかで、そんな声《こえ》が聞《き》こえます。

「だあれ、どこ、おかあさんなの。」

なっちゃんは、方々《ほうぼう》見まわしましたが、誰《だれ》もいません。

ただ、広《ひろ》い広い野原《のはら》にはいちめんのハーブの畑があって、向《む》こうの方には、きれいなお花畑《はなばたけ》が続いていました。

「まあ、きれいなお花畑、赤や黄色のポピーちゃん、ビオラの花もいっぱい咲《さ》いているわ。」

なっちゃんは行って見たくなりました。でも、さっきからおふとんにくるまって、すやすやと寝《ね》たままです。きっと、きょうは、学校でつかれて帰って来たからでしょう。

なっちゃんは、いま、夢を見ているのです。そう、そっとして、起《お》こさないで夢《ゆめ》のつづきを見てもらいましょう。

「呼《よ》んでいるのはだあれ、ハーブ畑の子、それとも。」

「そうだよ、でもちょっと違《ちが》うのは、ぼく、よそから来たんだ。その、そこの葉っぱに乗《の》ってね。」

「えっ、この葉っぱに。」

なっちゃんは、おふとんについているハーブの葉っぱをよくよく見ましたが、何にも見えません。

「誰《だれ》もいないじゃないの。」

「なっちゃんには、見えやしないよ、だってぼく、ハーブの国の、魔法《まほう》の葉っぱに乗《の》ってきた小人《こびと》だもん。」

「えーっ。これは魔法の葉っぱ。」

「なっちゃん、その葉っぱに乗って見に行かないかい、みんな楽《たの》しく遊《あそ》んでいるよ。」

「えっ。それはどこ、あのディズニーランド?」

「それとは違《ちが》ってね、小人さんが大勢《おおぜい》で作《つく》った所《ところ》なの、行って見ればわかるよ。」

「何だか、面白《おもしろ》そう、行ってみようかな。」

「ちょっと汗《あせ》をかく所もあるよ、いいかい、さあこれに乗って。」ヒュウル、ヒュルルルと笛《ふえ》の音がしました。すると、なっちゃんは、葉っぱの上に乗っていました。

おや、そこには、ちゃんと、小人さんがひとりで笛《ふえ》を吹《ふ》いているのが見えるではありませんか。

「小人さん、見えるじゃないの、その赤い帽子《ぼうし》も竹笛《たけぶえ》も。」

「ああ、もう魔法の葉っぱになっちゃんは乗ってしまったからね、よく見えるんだよ。さあ、空《そら》を飛《と》んでいくよ。」

ひらひらと空に舞《ま》いあがった一まいのハーブの葉っぱの上には、小人さんとなっちゃんが乗っていましたが、笛の音が小さくなるとやがて、山のむこうの、青《あお》い青い空に小さくなって消《き》えてしまいました。

なっちゃんを乗せた魔法の葉っぱの舟は、いったいどこへ行くのでしょう。

2　三つの帽子の丘

「さあ、なっちゃん、ほらあそこだよ。」

小人さんが指《ゆび》さした方には、きれいな色の三つの大きな帽子《ぼうし》がある丘《おか》が見えてきました。

「まあ、広《ひろ》い野原にお花がいっぱい、あら、畑も田んぼも小川《おがわ》もあるみたいだわ。」

「そうとも、この望遠鏡《ぼうえんきょう》でよくみてごらん。」

小人さんは、そう言うと、吹《ふ》いていた竹笛をさかさまにして、のぞくようにしています。

「まあ、この笛、望遠鏡《ぼうえんきょう》にもなるの。」

「そうさ、魔法の笛だよ。」

なっちゃんは貸《か》してもらって見ています。

「うわー。いるいる、小人さんがいっぱい遊《あそ》んでいるわ。あら木のぼりやお魚取《さかなと》っている男の子もたくさんいるわ。あのきれいな色の大きな帽子はなんでしょう。」

「いまにわかるよ。」

なっちゃんは、もう目を丸《まる》くしてのぞいていました。

「なっちゃん、もうすぐ着《つ》くよ。おりたらね、あの赤い帽子の家で、いま見えてる景色《けしき》のパノラマの絵《え》をもらうといいよ。」

「まあ、ほんと、嬉《うれ》しいわ。」

なっちゃんたちの乗った一まいの魔法の葉っぱの舟は、雲《くも》の下に見える三つの帽子の丘に向かって、高い空からだんだん下《お》りてゆきました。

青い空を見ると、たくさんの木の葉っぱがひらひら舞《ま》っていました。あの葉っぱも、みんな魔法の葉っぱで、小人さんたちが乗ってくるバスじゃないかしらと、なっちゃんは思いました。

さあ、なっちゃんは、三つの帽子の丘で、何を見たのでしょう。竹笛の望遠鏡に映《うつ》った景色《けしき》は、ほんとうにあったのでしょうか。

パノラマの絵には、どんな小人さんの国《くに》が出てくるのでしょうか。

3 丘のパノラマ

なっちゃんを乗せた葉っぱの舟は、森の広場《ひろば》の中の”舟のステーション“と書《か》いてある所へ降《お》りました。

そこから、赤い帽子の家に行くと、何人《なんにん》かの赤い帽子の小人さん達《たち》が、

「いらっしゃい。どうぞ、ごゆっくり、見たり遊んだり、いろいろ体験《たいけん》していって下さいね。」

と言いました。

そして一人の小人さんが一枚《いちまい》の絵図《えず》を出すと、

「これは、この小人の国、三つの帽子の丘のパノラマです。この案内図《あんないず》で見てまわって下

さい。わたしが案内役《あんないやく》で、マリアンといいます。」

「この子は、なっちゃんといいます。よろしく。」

なっちゃんは、パノラマの絵をもらうと、「ありがとう、どうぞよろしく。」と言いました。

それから三人は、「ゲストルーム」と書いてある部屋《へや》に入るとお茶《ちゃ》を頂《いただ》きながらお話《はなし》をはじめましたが、大きなスクリーンには、パノラマの絵が映《うつ》し出されていました。

「ほら、なっちゃん、この絵の番号《ばんごう》と、この〈三つの帽子の丘の案内板〉と、くらべて見てくださいね。」と言うと、小人の案内人のマリアンは、スクリーンに、次《つぎ》のような表《ひょう》を見せてくれました。

〈三つの帽子の丘の案内板〉

①お花畑
②だんだん畑
③つみ草の丘
④歌の広場
⑤お話のお堂
⑥土手遊びの丘
⑦走れ走れトラック
⑧よじのぼり山
⑨落ち葉のすべり台
⑩がけのぼり山
⑪木のぼりの林
⑫がんくつ砦
⑬お化けの森
⑭ごろごろ川原
⑮チャンバラ原っぱ
⑯ままごと野原
⑰きのこの家
⑱俵ごろごろ坂
⑲すすきの原
⑳集会広場
㉑川遊びのせせらぎ
㉒アリの塔
㉓ねん土と砂の丘
㉔むかしのお倉
㉕ひょうたん池プール
㉖どんぐり山
㉗花の野原
㉘だんだん田んぼ
㉙大木の家
㉚木こりの山
㉛手作りの小屋
㉜落ち葉の森
㉝カメやカエルの沼
㉞赤い帽子の家
㉟黄色の帽子の家
㊱水色帽子の家
㊲泉のほとり
㊳木のたいこ橋

㉑ 川遊びのせせらぎ
㉒ アリの塔
㉓ ねん土と砂の丘
㉔ むかしのお倉
㉕ ひょうたん池プール
㉖ どんぐり山
㉗ 花の野原
㉘ だんだん田んぼ
㉙ 大木の家
㉚ 木こりの山
㉛ 手作りの小屋
㉜ 落ち葉の森
㉝ カメやカエルの沼
㉞ 赤い帽子の家
㉟ 黄色の帽子の家
㊱ 水色帽子の家
㊲ 泉のほとり
㊳ 木のたいこ橋

① お花畑
② だんだん畑
③ つみ草の丘
④ 歌の広場
⑤ お話のお堂
⑥ 土手遊びの丘
⑦ 走れ走れトラック
⑧ よじのぼり山
⑨ 落ち葉のすべり台
⑩ がけのぼり山
⑪ 木のぼりの林
⑫ がんくつ砦
⑬ お化けの森
⑭ ごろごろ川原
⑮ チャンバラ原っぱ
⑯ ままごと野原
⑰ きのこの家
⑱ 俵ごろごろ坂
⑲ すすきの原
⑳ 集会広場

4　小人のマリアン

「これからは、しばらくこの、マリアンが案内《あんない》してくれるよ。また、葉っぱに乗《の》っておむかえに来るからね、ぼくの名はカールだよ。」

「またね、なっちゃん。」と、言って、小人のカールは、いつの間《ま》にか、またハーブの葉っぱの舟で空高く行ってしまいました。

「さあ、なっちゃん、聞《き》いて下さい。この赤い帽子の家はね、この丘にやってくる人たちのために、いろいろなサービスをしている所なのよ。」と、マリアンは、案内をはじめました。

「サービスって。」

「それはね、ここを訪《おとず》れる人たちのためのレストランや休《やす》む所の世話《せわ》をしたり、体験《たいけん》の案内、野外《やがい》での遊びや仕事《しごと》など、いろいろな活動《かつどう》の準備《じゅんび》や手助《てだす》けすること、ほかに教室《きょうしつ》や会《かい》議《ぎ》ホールもあるわ。」

「そう、マリアンさん、あそこに見える黄色と水色の帽子の家もそうなっているの。」

「ええ、少し違《ちが》う所は、黄色い方の家は、絵本館《えほんかん》や小劇場《しょうげきじょう》、童謡館《どうようかん》になっているの、むこうの水色の家の方は、科学館《かがくかん》や工作《こうさく》、自然《しぜん》の中での仕事《しごと》や遊び、健康《けんこう》に関係《かんけい》するものが多《おお》いの、その南側《みなみがわ》は、自然《しぜん》に近《ちか》い流水型《りゅうすいがた》プールになっているわ。」

「そう、夏《なつ》に来たいわ。」

「なっちゃんだから。」

「ハハ、そうかもね。」

「そうよ、なっちゃん。」

なっちゃんは、マリアンさんとすっかり仲《なか》よしになってしまいました。

背《せ》は、なっちゃんよりマリアンは、ずっと小さいのですが、

お話しているうちに、とても楽《たの》しくなりました。

「さあ、これから、この広《ひろ》い丘《おか》の中を案内するわ、つかれたらそう言ってね、いつでもハーブの葉っぱを呼《よ》んであげますよ。」

なっちゃんは、ふしぎに思いましたが、小人さんといっしょに出かけました。ほんとうにあの絵のような所はあるのでしょうか。

5 むかしのお倉

なっちゃんとマリアンは、赤い帽子の家から、”落葉《おちば》の森《もり》“を通《とお》りました。

「この森はね、落葉《おちば》の中で生《い》き物《もの》のくらしを調《しら》べたり、それに森の風《かぜ》や音《おと》、木の肌《はだ》ざわりや木《こ》もれ日《び》の光、葉っぱの色あいなどの感《かん》じを楽しむように、明るい森になっているの。」

「森の中って静《しず》かな気分《きぶん》になるのね、落ち葉の道もザワザワして面白《おもしろ》いわ。」

「夏には、カブト虫やセミもたくさんいるわ。」

森を出た所は、沼地《ぬまち》になっていて水草《みずくさ》が生《は》え、夏には、フナやメダカ、ドジョウなどもいるようです。橋のむこうは、せせらぎでした。

「ここはね、沼《ぬま》や池《いけ》の動物《どうぶつ》や植物《しょくぶつ》が自然のままにくらしているの、夏はカエルの声でいっぱいよ。ほら、あそこの小川《おがわ》では、みんなで川に入って遊んでいるわ。」

「小人さんは、お魚《さかな》取《と》って食べるの。」

「いいえ、遊んでいるだけよ、面白いのよ。」

小人さんたちは、ワイワイ言いながら大はしゃぎで川遊《かわあそ》びにむちゅうでした。

木の橋を渡《わた》ると土と砂《すな》の丘があって、大

きな塔《とう》の家《いえ》らしい物が見えます。

「ここはね、〝砂とねん土の丘〟で、あの家は〝アリの塔《とう》〟。と言ってもね、アリの住《す》んでいる家じゃないの、巣《す》の形《かたち》の建物《たてもの》なのよ。中はね、管理室《かんりしつ》や、お泊《と》まりしていろいろ体験したい人たちのための宿舎《しゅくしゃ》よ。」

「え、ではこの丘のホテルなのね。」

「そうよ、今度《こんど》はどうぞごゆっくりこのアリの塔にいらっしゃいね。」

「ありがとう。」

「この砂の山やねん土の山は、どうするの。」

「ねん土細工《どざいく》したり、砂遊《すなあそ》びするところで、その向《む》こうのお倉《くら》は、〝むかしのお倉〟よ。」

「えっ、お倉、何がしまってあるの。」

「昔《むかし》の人が使《つか》い古《ふる》した品物《しなもの》がそのままあるの。」

「まあ、昔の人は、品物を大切《たいせつ》に使《つか》っていたのね。」

「ええ、入って見ると、昔にかえったような気持ちになるの、少し暗いけどね。」

「こわくない。」

「少しはね、でも昔の人になったつもりで、中でお倉のお話を聞くといいわ。みんな捨《す》てられたような物でも人の心《こころ》が残《のこ》っていて、今の品物《しなもの》を見るより、ずっと温《あたた》かい気持《きも》ちになるわ。」

「そう、見てみたいわ。」

なっちゃんは、それからお倉の中の品物を見たりして、昔の人のくらしや、物語《ものがた》りのおばさんの話を聞きました。

「なっちゃんが聞いたお倉の物語りは、『むかしのお倉』という絵本《えほん》になって、黄色い帽子の家にあるからあげますよ。」

「まあ、嬉《うれ》しい、読《よ》んでみたいわ。」

「なっちゃん、次は、お化《ば》けの森《もり》よ、でもね、お化けなんかいないの、暗《くら》い森だからみんなそう呼んでるだけよ、ほんとうは生命《いのち》の森《もり》よ。」

「まあ、そうなの、でも何だかこわそう。」

さあ、なっちゃんは、どうするのでしょう。

見たところ、大きな木が生《は》え、それに枯《か》れ木には、つる草が巻《ま》きついているようです。

 なっちゃんと魔法の葉っぱ

何かこわいものがいる森なのでしょうか。

6　いのちの森

「ほらごらんなさい、あの大木の枝《えだ》からたれ下がっているのは、みんなコケの仲間よ、この地面《じめん》の緑《みどり》のじゅうたんも、コケなのよ。」

なっちゃんが、お化《ば》けの森に入ってびっくりしたのは、マリアンのお話のとおり、暗《くら》い森の中で大木《たいぼく》の枝《えだ》から、たれ下がっている緑色《みどりいろ》の長い髪《かみ》の毛《け》のようなコケでした。

「ほんとうに、これではお化けの木に見えるわ、どうしてこの森だけこうなのよ。地面に倒《たお》れている木にもコケがいっぱい生《は》えてるわ。」

「なっちゃん、この森はね、原生林《げんせいりん》なのよ。森の植物《しょくぶつ》たちが生命いっぱいに生きて死《し》んで、種《たね》が次《つぎ》の大木《たいぼく》になり、また、森の他《ほか》の生き物も互《たが》いに助《たす》け合《あ》いながら、何千年《なんぜんねん》も何万《なんまん》年《ねん》もそのままに続《つづ》いている森よ。」

「誰も人間《にんげん》が入《はい》って木を切《き》ったりしないのね。」

「そうよ、自然《しぜん》の野山《のやま》は、もしこの世《よ》に人間がいなかったら、みんなこうなっていると思うわ、でも気候《きこう》が変《かわ》ればこのままで続《つづ》かないわね、お水も空気《くうき》もここはとてもいいの。」

「この森は、このままそっとしておいてあげたいわ。ほら、ここにも、小さい木が生えている、あら、きのこのそばに、木の実《み》がいっぱいよ。」

「それは、ブナの実よ。」

なっちゃんは、道《みち》のない森の中の凸凹《でこぼこ》した所《ところ》やじめじめした所でも、枝《えだ》をくぐりぬけるようにして歩《ある》きました。

「あっ、あそこにお化けが。」

なっちゃんは、マリアンにかけよりました。

「なっちゃん、よく見て、あれはね、枯《か》れ木の洞《うろ》よ、枯れ木の穴が上に二つ下に一つで顔《かお》に見えるのよ、それに上の枝から、コケがみだれ髪《がみ》のようにたれ下《さ》がっているだけよ。」

「でも『ゴホウ、ホッホ』って声《こえ》がしたわ。」

「ハハ、なっちゃんは、まだ小さいから、こわいのむりないわ。この森にはね、フクロウやミミズクなど暗《くら》い森が好《す》きな鳥《とり》もいるの、どこかの洞《うろ》にきっと巣《す》があると思うわ。」

「ひゃー、なにぃー。」

なっちゃんは、今度《こんど》は、手をマリアンに見せています。見ると小さいなっちゃんの手の甲《こう》に緑色《みどりいろ》のものが乗っていました。

「雨蛙《あまがえる》よ、これ。なっちゃん、かわいいでしょ。」マリアンは自分《じぶん》の指《ゆび》に止《と》まらせました。

「まあ、冷《つめ》たいのでびっくりよ。まあ、目が大きくて小さい手なのね、きれいな赤《あか》ちゃんの手みたい。」

「雨蛙さんもそろそろ冬《ふゆ》ごもりね、さあ、森の中のいい所を探《さが》しに行くといいわ。」

雨蛙は、マリアンの話が聞こえたのか、ぴょんと手から、木の葉に移《うつ》りました。マリアンは、小さい木の実を拾《ひろ》うと、

「なっちゃん、大昔《おおむかし》からの深《ふか》い森にはね、たくさんの生き物が、形《かたち》をかえながらくらしているのよ。この一粒《ひとつぶ》の種《たね》が、あんな大木《たいぼく》になるなんてお化けみたいなものよ。ふしぎな力《ちから》と思わない？　枯れ木もお化けに見えるけどね、生命《いのち》のふしぎな力は、お化けを超《こ》えているわ。私たち小人の国ではね、この原生林《げんせいりん》の森は、自然という神々《かみがみ》が何万年《なんまんねん》もかけてお

作《つく》りになったと、みんながそう信《しん》じているわ。」

マリアンのお話を聞きながら、なっちゃんは、ほんとうにそのとおりの森と思ったのでしょう、出る時、森に向かって、小さい手《て》を合《あ》わせ、ぴょこんと一つおじぎをしました。

森の神々が風を吹《ふ》かせるのでしょうか。木の香《かお》りのそよ風が森からそっと通り過ぎました。

「まあ、いいかおり。」

なっちゃんは、いつまでも青い空と森を見ていました。

森をぬけた所は、明るい並木道《なみきみち》になっていました。

さあ、次《つぎ》はどんな小人さんの国が待《ま》っているでしょうか。

7　落ち葉の小山

「あら、小人さんたちが凸凹道《でこぼこみち》を走ってるわ、まあ、木に登《のぼ》ってる子もいっぱいいるわ。」

「そう、いまね、ここで運動会《うんどうかい》しているのよ、ほら、この凸凹道のトラックコースを走ってがんくつ砦《とりで》に登り、林《はやし》の中の木登《きのぼ》りをして、がけを登り、小山の頂上《ちょうじょう》から落ち葉のすべり台《だい》を下りて、川原《かわら》まで走っているのよ。」

「まあ、面白そう、でも、木からすべり落ちたり、ごろごろ道のコースや川原の石で、つまづいたりしないの。」

「みんなで気をつけているから、だいじょうぶ。なれれば平気《へいき》よ、川原の石ころも気持ちがいいって、はだしで歩《ある》いているわ。」

「そう、今度クラスのみんなで来たいわ、先生にお願《ねが》いしてみるわ。」

「そうね、前に体の弱《よわ》い子《こ》が続《つづ》けてここへやって来たら、だんだんじょうぶになったそうよ。」

「マリアンさん、わたしも、あのすべり台《だい》やってもいい。」

「ええ、とび入りでも順番《じゅんばん》にやればいいわ、さあ、ここからよ。」

と、マリアンは、落ち葉のいっぱい入った小さい舟《ふね》をくれました。

「これ、どうするの。」

「山の頂上《ちょうじょう》まで持って登り、落ち葉をあけてそれに乗《の》ってすべり下りるの。」

それから、ふたりは、よいしょよいしょと、山を登りました。

「うわー、高いねえ、方々《ほうぼう》見えるわ、下に畑も

見える。」

「下の子が行ってから順番にね。」

「はい、行きますよ、いち、にい、さん。」

「うわあい、すべるすべる。葉っぱで埋まりそう、ひゃあ、落ち葉だらけ。ああー、もぐってしまったあ。」

なっちゃんに続いてすべりおりたマリアンも、すっぽり葉っぱに埋って、ふたりで笑っていました。

「ハハハッ、面白かった、もう一回《いっかい》いい。」

「だめよ、今度は畑を見るのよ、まだ先《さき》が、たくさんあるからね。」

「はあい。」

なっちゃんは、お父さんやお母さんといっしょに来て一日中遊んでみたいと思いましたが、つみ草の丘から畑の方へ出ました。

すると、山の上の方から、落ち葉が風に吹かれ何まいも、ひらひらと舞い下りてきました。

それは、日の光にきらきら光って、なっちゃんの小さい体に降りかかっています。

「まあ、きれいな葉っぱ。」

なっちゃんは、その赤や黄色に染まった落ち葉の一まいを拾《ひろ》うと、大切《たいせつ》そうに自分《じぶん》のポケットにしまい込《こ》んでいました。

「なっちゃん、葉っぱは、木ばかりでなく、私たちにとっても、大事《だいじ》なものよ。葉がなかったら、りんごもお米《こめ》も出来《でき》ないから食料《しょくりょう》に困《こま》るわ。ミミズさんのように土《つち》でも食《た》べて生きてゆくしかないのよ。」

と言うマリアンの帽子や肩にも、落ち葉が舞《ま》い落ちていました。

青い空の下で、その落ち葉をせっせと集《あつ》めて、積《つ》み上げている小人さんが見えます。

いったい、あの小人さんたちは、畑で何をしているのでしょうか。

8　生きていた土

段々畑《だんだんばたけ》では、小人さんたちが、畑をたがやしたり、種《たね》まきをしていました。

「ほら、なっちゃん、舞って来た落ち葉と、生《なま》ごみを積《つ》み上《あ》げて、堆肥《たいひ》を作っているでしょ、よく見てごらん。」

「あ、ミミズがいる、ごみ虫も出てきたよ。」

「そう、落ち葉などを食べる小さい生き物がいて、それをまた食べるミミズや虫などが、この堆肥のなかには、たくさん住《す》んでいるの。」

「あら、堆肥の上から、湯気《ゆげ》が出ているわ。」

「そう、堆肥の中の小さい生き物が活動《かつどう》しているのよ、ほら、さわってごらん、暖《あたた》かいわよ。」

「ほんと、ほかほかしている、乗《の》ってもいい。」

「ええ、くずさないようにね。」

「あ、ふかふかして、くつも暖《あたた》かくなってきたわ。」

「冬《ふゆ》になっても堆肥の中の生き物は、元気に落ち葉やごみを堆肥にしてくれているのよ。」

「わかったわ、マリアンさん、それで小人さんたちは、せっせと堆肥を作って、畑に土と混《ま》ぜ、作物《さくもつ》のこやしにしているのね。」

「そうなのよ、田んぼでも同じことよ、お米も、おいもも、果物《くだもの》もみんな作物《さくもつ》にいい栄養《えいよう》分《ぶん》を堆肥《たいひ》が根《ね》っこにあげているのよ。」

小人さんは、それぞれの仕事《しごと》を分《わ》けあって、楽しそうに、畑をたがやしたり、堆肥を運《はこ》んだり、種まきをしていました。

野菜畑《やさいばたけ》に果物の木の畑、ハーブの畑、お花の畑、それに麦畑《むぎばたけ》が続いていていました。

「あ、ここにもミミズがいる、あ、カエルが出てきたわ。」

なっちゃんは、小人さんがたがやした畑の土を見てびっくりしています。

「ミミズさんは、畑の土を食べながら畑をたがやしてくれるのよ、カエルさんは、もう冬ごもりの支度《したく》に土に入りこんだのよ。なっちゃん、土の中に生き物がいなかったら、作物ばかりか、草も木も育《そだ》たないのよ。」

なっちゃんは、掘《ほ》り起《お》こされた土を見ると木の枝で掘り返《かえ》しています。

「なっちゃん、土いじり、面白いでしょ、土のおだんごやトンネル作《づく》りは、あの"ねん土と砂の丘"でもみんな遊んでいるから、また、そこでやるといいわ、小人さんがお仕事しているから次の所へ行きましょう。」

「はあい。」

なっちゃんは、畑を見ながら、小高い丘の芝生《しばふ》の方へ行きました、すると、小さいお寺のお堂《どう》のような家《いえ》が見えてきました。

あれは、いったい何なのでしょうか、小人さんが、大勢《おおぜい》集《あつ》まっています。

そして楽しそうな歌声《うたごえ》が、風にのって聞こえてきました。

「とおりゃんせ、とうりゃんせ
ここはどこの　ほそみちじゃ
てんじんさまの　ほそみちじゃ
ちいととおしてくだしゃんせ………」

もう、なっちゃんは、声のする方へかけ出していました。

9　ススキの原のきつね

「まあ、広い芝生の丘ね。」

なっちゃんは、丘をかけ登ったりしてやってきました。

「あそこの上が平《たい》らな丘はね、みんなで歌をうたったり音楽を楽しむ歌の広場なのよ。向こうのお堂は、絵本《えほん》を読んだり、お話や紙芝居《かみしばい》を見たりする所よ。」

「まあ、そうなの、おや、きのこのような家が見えるわ。」

小人さんが、歌をうたったり、お話や紙芝居をして楽しそうに遊んでいる丘をこえるとやがて、きのこのような家がありました。

「この、きのこの家はね、このまわりで、女の子のまりつきや、ままごと遊び、それに男の子でも誰でも遊べるなわ飛びや、昔はやった野原での遊びをする所なのよ。」

「ああ、それでここには、おじいさんやおばあさんも、いっしょにいるのね、あら、歌をうたいながらのまりつきや、なわ飛びも楽しそう。」

「なっちゃんも入ったら。」

「あら、いいの。」

なっちゃんは、そこで、なわ飛びの〝山をこえて川こえて〟を小人さんといっしょに歌って、それから〝はないちもんめ〟にも入りました。まりつきの歌は、覚《おぼ》えきれないので、つき方を習いました。

「なっちゃん、昔のわらべ歌は、黄色の帽子の家に全部《ぜんぶ》あるから、後で聞くといいわ。覚えた子が家に帰って歌って遊んでいるそうよ。」

「そう、私も早く覚えてみんなで遊びたい

わ。」

「あ、あれ、なあに、マリアンさん、男の子が、みんなで侍《さむらい》ごっこしている。」

「ああ、あれはチャンバラ原っぱなのよ。ススキの原っぱでは、麦《むぎ》わらのよろい、かぶとで刀《かたな》も、ススキや麦わらなの、痛《いた》くないから、みんな面白がっているのよ。」

「ハハ、私もやってみたいわ。」

「女の子の時間《じかん》は別《べつ》になっているから入れないわ、また、この次にしましょう。」

「はあい。」

「なっちゃん、あそこの坂《さか》になっている丘を見てごらん。」

「あら、何しているの、丸い物をころがして、押《お》し

上げてどうするの。」

「あれはね、"俵《たわら》のごろごろ坂" と言ってね、わらなどで作った大きな俵を頂上《ちょうじょう》まで押し上げてから、下に俵に引《ひ》かれてすべり下りるのよ、力仕事《ちからしごと》をしないと出来ない遊びよ。」

「そうなの、体を鍛《きた》えながら遊んでいるのね。」

「なっちゃん、向こうの"ススキの原"も見てごらんよ、ほら、キツネの面《めん》の頭《あたま》だけ、見えたり、かくれたりしているでしょう。」

「ええ、何だかススキの葉が、ガサゴソ動いているから、中には、大勢《おおぜい》かくれているみたい。」

「そうよ。あれはね、ススキの原にトンネル道をいっぱい作ってモグラのように這《は》いながら、かくれんぼしているのよ、なかなか見つけにくいでしょ、ク

スクス笑う声で見つかったりするのよ。」

「ハハ、笑っちゃだめね、入ってもいい。」

「きょうは、いけないの、なぜならね、なっちゃんは、お面《めん》をつけていないから。赤い帽子の家から借《か》りてくるのよ、ウサギとかキツネとか、好《す》きなお面を選《えら》んでいいの、それは、目の保護《ほご》のためなの。」

「ほんとのキツネも出そうなススキの原っぱなのね、とても楽しそう。」

「なっちゃん、今度は、あそこへ行きますよ、〝どんぐり山〟よ。ずっと林が続いているでしょ、落ち葉のきれいな林よ。」

「はあい、まあ、小人さんが、篭《かご》を持《も》っていっぱいいるわ。」

さあ、なっちゃんは、ここでは何を見つけたのでしょう。きのこでしょうか、それとも何でしょう。

10　プロペラのたね

「あっ、あんな所に木の上の家があるわ。」

「なっちゃん、ここはね、どんぐり山と言って、木の実《み》を拾《ひろ》って、おもちゃを作ったり、木でいろいろな物を手作《てづく》りする山なのよ、その向こうは、木こりの山に続いているのよ。」

「あら、きのこを探している子もいるわ。」

「そう、この森はね、落ち葉が下にたくさんあるから秋には、きのこも出るのよ。シメジ、ハツタケ、ナメタケ、切《き》り株《かぶ》にはシイタケも生えるのよ。」

「いい森ね、誰が木を植《う》えたのでしょう。」

「鳥《とり》よ、鳥さんよ。」

「えっ。」

「この森はね、木の実を食べた鳥が、たねを落とすのよ、だから、ほら、下を見てごらん、色々な小さい木があるでしょう。それが大きく育《そだ》って、こうした雑木林《ぞうきばやし》になるの、風でたねが飛んで来たのもあるけどね。」

「あ、それで、ここにプロペラのついた種《たね》がおちているわ。」

「カエデの仲間《なかま》の木に多いようね。」

「なっちゃん、きのこもね、落ち葉がないと生えないのよ、落ち葉は、木の根の養分《ようぶん》になるだけじゃないの、きのこの他に森の生き物たち、川に落ちて水の中の生き物まで育てているのよ。」

「えっ、じゃ、川は海へ行くし海の生き物にも養分をくれているんじゃない。」

「そうなのよ、きれいな空気、美しい森、魚のいる川の水、青い海。そうよ。みんなひとつの、つながっている世界《せかい》に私たちは生きているのよ。助《たす》け合《あ》って生《い》きているのよ。鳥さんだって、ただ木の実を食べてしまうんじゃなくちゃんと種まきするけど、人間だけが、自分《じぶん》たちだけが、取って食べて生き残《のこ》ればいいと思っているみたいだわ。」

「ええ、そおうー。」

なっちゃんは、黙《だま》ってため息《いき》をつきました。

お母さんに、おかずがまずいと、わがまま言《い》ったこと、まだ使えるのに木の机《つくえ》を買ってもらったこと、道で魚の住みそうな小川を大人《おとな》たちが、みんなでコンクリートにしていたのを見たこと、いい森を真二《まふた》つに切《き》り開《ひら》いた道路《どうろ》、それに水を止め、森をつぶしたダムや人間《にんげん》の住む町のよごれた川をテレビで見たこと。

なっちゃんは、そんなことを思い出したからです。どんぐり山の青い空に木の葉が天まで高く舞っていくのをじっと見ていました。

「なっちゃん、どうしたの。」

「え、何でもないの、そう、そうよ、マリアンさん、森って大事《だいじ》ね、人間《にんげん》だけの森じゃないわ、分《わ》かったわ私。この青い空も水も、森も人間たちのためにだけあるのじゃないのね、お日さまも、お月さまも光《ひかり》を同《おな》じように、昼《ひる》と夜《よる》に分《わ》けて降《ふ》り注《そそ》いでくれているわ、人間だけが生き残《のこ》っていればいいなんてことはないわ、みんなひとつの世界《せかい》に生きているのね。」

「………ええ。」

今度はマリアンが黙《だま》ってしまいました。風が、また木の葉をサワサワと音を立てて通《とお》り過ぎました。

それからマリアンは、

「小人の国の、この丘はね、遊びながら、働きながら、それに気づいてほしいのよ、小人の国の人たちは、そのためにここにやって来ているのよ。」と言いました。

「あっ、そう、そうだったの、え、どこから?」

マリアンは、それには何にも答《こた》えないで、笑《わら》って、天《てん》を指《ゆび》さしました。

なっちゃんは、その指の先を見ても、ただ青い青い空がどこまでも続《つづ》いているだけでした。

「おうい、来てみろよう、天までみえるぞう。」どこかで呼《よ》ぶ声《こえ》がしました。

そんな所があるのでしょうか。そこは、いったいどんな高い所なのでしょう。

11 カエデの家

なっちゃんが声のする方を見ると、林の中でも、せいの高い大きな木が見えました。

よく見るとどうでしょう。

木の枝の出ている幹《みき》には、小さな家が作ってあり、小人さんたちが楽しそうに歌《うた》をうたっています。

「なっちゃん、あの木の上の家はね、大木の幹の枝に小屋《こや》を作ってあるのよ。その木の名まえの、クスノキの家とか、カエデの家とか名をつけてね、高い所から森ぜんたいのようすを見たり、地上《ちじょう》とは違《ちが》った気分《きぶん》で森のくらしを楽しんでいるのよ。」

「まあ、そうなの、でも登《のぼ》るのがたいへんね。」

「いいえ、はしごを作ったり、落ちないくふうや、物をつり上げるゴンドラも、みんなで作っているの。」

「作るのもおもしろそうね。」

「森といっしょにくらしてる感じがするそうよ、でも、なっちゃんは、まだ小さいから小さい木の家をさがして作るといいわ。」

「はあい、この次《つぎ》はそうしましょう。」

「なっちゃん、あそこの丘に木材《もくざい》があるでしょう、枯れ木などを集めて、いろいろな役《やく》に立つ物を作っているのよ。」

「あら、林の中にもいる、いる、木の株《かぶ》を机にして、何か作っている。」

「そう、木の枝、木の実、木の皮《かわ》なども利用《りよう》して自分で考《かんが》え、くふうして作品《さくひん》を作るの。」

「あの大きな丸太《まるた》の家もそうなの。」

「そうよ。ほらあの丸太の家はね、展示館《てんじかん》になっていて、小人さんたちの手作《てづく》りの作品がいっぱいあるわ。」

「そう、それであの、大きな丸太を大きなのこぎりで二人で仲《なか》よくひいているのね。」

「あの、きこりさんたちは、汗《あせ》をかいて、みんなで力をあわせて、出来あがるまで楽しんで仕事をしているの、ほら木をひきながら歌をうたっているでしょう。」

ズイーコ、ズイーコとのこぎりの音にまじって楽しそうな歌声《うたごえ》が林の中から聞こえてきました。

「小人さんたちはね、仕事では汗《あせ》もかくし、重《おも》たい、つらいこともあるよ。でも、私たちの生きている星《ほし》の、よいことになるのなら、汗もつらいことも気にならないと話してたわ。」

「マリアンさん、分かるわ、あの畑《はたけ》仕事《しごと》の小人さんたちも種まきして芽《め》が出て、できたものは、この丘や森やみんなに分《わ》けて返《かえ》すのね。」
「自分だけが食べればいいって考えていないのよ、木で作ったものも分けあっているの、小鳥さんの巣箱《すばこ》になったり、カブト虫の寝床《ねどこ》になったり、ベンチや木の橋《はし》にもなっているわ。」
話しながら林の小道《こみち》を行くふたりの後から、木こりさんたちの歌声が風に乗って聞こえてきました。

〝えいやこおーら　そおーれ
もうひとつそおーれ
えいやこおーら　そおーれ
ズイーコ　ズイコ
空は青いぞ　ズイーコ　ズイコ〟

歌は、木の香りといっしょになって、むこうの花の野原の方へ流《なが》れてゆきました。

キキョウ、オミナエシなど、秋の野の花の咲く丘の下には、山田《やまだ》が続いています。そして、高い石段《いしだん》の方《ほう》には、湯気《ゆげ》があがっていて、楽しそうな声がしています。この先には、何があるのでしょうか。

12 野ぎくの花

「まあ、きれいな秋の花がいっぱい。」

「なっちゃん、この花の野原はね、誰《だれ》も種《たね》もまかず、手入《てい》れもしない自然のままにしてあるのよ。」

「踏《ふ》み荒《あら》したり、花を取ったりしないのね、あら、野ギクに、小さい蜂《はち》がいる。」

「そう、花に集まる虫やいろいろな生き物がいるから、この歩道《ほどう》だけ通《とお》ってね。」

花の野原の小道には、両側《りょうがわ》に、黄や赤や白、紫色《むらさきいろ》の名前《なまえ》の知らない山や野原に咲く草花が所々《ところどころ》に生えている木の下で、せいいっぱい花びらや葉を広《ひろ》げていました。

それぞれの野の花は、下草《したくさ》の中で、何とも言えない、自然のままの色あいで、風のそよぎに静《しず》かにゆれていました。

「花が終《お》わると、この花さんたちは、みんな雪の下で冬を越《こ》すのよ。ほら、あの山田の秋の草花もやがて枯《か》れたり、水たまりのタニシも土の中へもぐるの、春がくるまでこの段々《だんだん》田んぼも、小人さんたちの遊び場になっているわ。」

「あ、土の中のドジョウを掘《ほ》っている子もいるわ、もう冬ごもりしているのね。」

「ドジョウは下の池へ返してやるの、この田んぼの水は、上のプールから流れて入り、池へと落ちるようになっているのよ。」

「あ、そうなの、それで今は、夏と違って暖《あたた》かい水のプールになっていて、あそこで湯気があがっているのね。」

「そう、プールから流れてきた水は、この田んぼのイネと、下にあるせせらぎの川の生き物を育てているわ。さあ、プールを見に行きましょう。」

イネを刈《か》り取《と》ったあとの田んぼには、小さい水草《みずくさ》や畦道《あぜみち》には、レンゲ草も小さい葉をつけています。きっと春には、いちめんのレンゲ畑のたんぼになって、田の土手にはツクシが、いっぱい顔《かお》を出すでしょう。

雑木林《ぞうきばやし》に続いていているこの山田には、野の草花と田んぼの草花やイネの切《き》り株《かぶ》が、昔《むかし》の日本《にっぽん》の里山《さとやま》の姿《すがた》を見せていました。

ふたりは、話しながら山田を歩いていています。

「マリアンさん、林も田や畑も、こうやってつながって自然に秋の草花が生えていると、きれいで、それに何でしょう、里《さと》の秋《あき》っていう感じがして気分が落ちついてくるわ。」

「そう、春夏秋冬《はるなつあきふゆ》、それぞれの表情《ひょうじょう》が、こうして自然にできるのね、人が都会《とかい》で作《つく》る自然とは、大きく違うの、雑木林と山田の草花それらの風景《ふうけい》が、美《うつく》しい日本のふる里《さと》の秋《あき》を感じさせるのね、ここを訪《おとず》れる大勢《おおぜい》の人たちも、そう言っていたわ。」

だんだん田んぼの山田は、石段《いしだん》の所で終《お》わり、やがて、丸くて大小のヒョウタンのような形をしたプールが見えてきました。

さあ、あの見たこともない形のプールは、なぜあんな形なのでしょう。そこは、すっかり湯煙《ゆけむ》りに包《つつ》まれていました。

13　ひょうたんの池

「うわー、ここは温泉《おんせん》プールなのね。」

「そうなのよ、冬は寒《さむ》い日でも泳《およ》ぎができるし、夏は自然の水温《すいおん》にしてあるのよ。それに水遊びもできるようになっているの。」

「まあ、それでこの形にしてあるの。」

「そうよ、水泳訓練《すいえいくんれん》をするプールではないのよ、楽しく遊んで、水に親《した》しんでやがて泳《およ》げるようになるの、ほら、ごらんなさいよ、この池は、上から川のように自然な流れや、飛び込み用の岩もあるでしょ。」

「まあ、ほんと、プールの底《そこ》に小さい石や大きい石を並べて流れに変化《へんか》もあるのね。」

「そう、水の中できれいな石を拾《ひろ》うもぐりっこや、水かけごっこを楽しんでいるわ、自然の川のように川原から入ってだんだん深《ふか》くなっているから安心《あんしん》して小さい子も水遊びしているわ。」

「まあ、今度《こんど》、一年生のよっちゃん連《つ》れてきていい。」

「ええ、どうぞ。」

「隣《となり》のよっちゃんね、水遊び大好《だいす》きなのよ、でもね、学校のプール、深《ふか》くてこわいし水もいつも冷たいから、どこかで、いっぱい水遊びしてみたいって言ってたわ。」

「そうね、なっちゃんの学校のプールも、このプールのようになったらいいわね。」

小人さんたちは、大きい子も小さい子も、自分に合った深さを選《えら》んで、いくつかのプールを泳いで渡《わた》ったり、水遊びをワイワイ言いながら楽しんでいます。

「このひょうたん池プールに続いている小石《こいし》のテラスは、日光浴《にっこうよく》にもいいように設備《せつび》ができていて、あの水色の帽子の家の通路《つうろ》とつながっているの。」

なっちゃんは、マリアンの後にしたがって水色の帽子の家に入りました。

「ここは、水遊びの後の体の健康《けんこう》や、自然界《しぜんかい》のしくみなど科学的《かがくてき》な展示館《てんじかん》になっていて、自然にかかわって物を作る技術《ぎじゅつ》とその中で、自然をいためないで、生きてゆくこの大切《たいせつ》さがわかるようになっているの。」

「まあ、夏休みの勉強《べんきょう》には、とてもいいわ。いろいろな参考《さんこう》になる本や図鑑《ずかん》それに標本《ひょうほん》までであるのね。」

「ええ、黄色の帽子の家と、ここの家の両方《りょうほう》で科学《かがく》や芸術《げいじゅつ》、歌《うた》や音楽《おんがく》、読書《どくしょ》にも、親《した》しんでもらうように三つの帽子の家は、組《く》み合《あ》わせてあるわ。」

マリアンがお話をしていると、かぶっていた赤い帽子《ぼうし》のバッジが小さい声でピッピッと鳴いていました。

「あら、なっちゃん、ゲストルームへ帰《かえ》る時間《じかん》だわ、カールがおむかえにきて、待《ま》っているそうよ。」

「まあ、帰る時間なのね。」

なっちゃんには、カールの声は何も聞こえませんでしたが、マリアンとカールは何か、ちゃんと通信《つうしん》ができるようです。

なっちゃんは、ふしぎだわあと思いましたが、それから、赤い帽子の家のゲストルームに入りました。

「それでは、なっちゃん、わたしの案内の仕事は、これですみました。どう楽しかった?」

「ええ、とてもよかったわ。」

「またきてね。」

「マリアンさん、もういちどくるわ、待《ま》っていてね。」

「はあい、なっちゃん、待ってますよ、あ、カールがきたわ、カール、なっちゃんを送《おく》ってね、なっちゃん、さようなら。」

「ありがとう、マリアンさん、さようなら。」

やがて、マリアンがすっと消《き》えてしまうともう、カールとなっちゃんは、舟のステーションのベンチに腰《こし》かけていました。

なっちゃんは、マリアンが去《さ》って行った赤い帽子の家の空をいつまでも見ていましたが、青い空には、木の葉が舞《ま》っているばかりです。ほんとうにおむかえ舟は来るのでしょうか。

14 竹笛の音

「なっちゃん、ほら、ハーブの舟が来たよ。」

なっちゃんは、さっきから青い空を見ていましたが、舞っているのは、いくら見ても木の葉っぱばかりでした。

「木の葉ばかりよ、どこに?」

「ああ、なっちゃんには見えないんだったね、さあ、これをのぞいてごらん。」

カールは、持っていた竹笛《たけぶえ》をさかさまにしてくれました。

「まあ、ほんと、よく見えるわ、ずんずんやってくる。」

なっちゃんが、びっくりしている間《ま》に、そのハーブの葉は、どんどん大きくなって、カールが竹笛を吹くと、すうーっと、舟のステーションに降《お》りました。

なっちゃんは、また、ふしぎだわあと思いましたが、

「さあ、これに乗って。あがりますよ、はあい。」と、カールは、なっちゃんが乗ると竹笛をまた吹きました。

すると、ヒュウルー、ヒュウルルと笛の音といっしょに空高く、ふたりを乗せたハーブの葉っぱの舟は舞いあがってゆきました。

だんだん高くなってゆく空の向こうには、もう、あの三つの帽子の丘が、あんなに小さ

く遠《とお》くに、かすんで見えます。それから、なっちゃんは、何だか淋《さび》しくなったのと、ハーブの香りで、うっとりしてきました。

「なっちゃん、見学《けんがく》して疲《つか》れたでしょう、休《やす》んでいいよ。ぼくがおうちへ着《つ》いたら起《お》こしてあげるよ。」

そう言うカールの声も何だか遠くに聞こえ、空を流れてゆくハーブの舟の乗りごこちと、とてもいい香りに、なっちゃんは、もう、すっかり眠《ねむ》くなってしまいました。

「…………。」

それから、どれだけ時間がたったのでしょう。

なっちゃんは、何もおぼえていません。

「なっちゃん、なっちゃん。」

と、声がしますが、なっちゃんは、すやすやと眠《ねむ》ったままです。

「なっちゃん、帰ったよ。」

「えっ、だあれ、カール。」

「おかあさんよ。」

「おかあさん、え、どこ。」

「なっちゃん、ありがとうね、おふとんしまってくれて。」

「あら、おかあさん、帰ったの。」

「そうよ、なっちゃんはね、この、あたたかいおふとんに、くるまって眠っていたよ。」

「そう、そうなの。」

なっちゃんは、やっとおふとんをしまってから寝てしまったことに気がつきました。

「あら、このおふとんハーブの香りがするわ。」

「ほんと、あら、ハーブの葉っぱが、くっついているわ。」

「まあ、いい香りね、なっちゃん。」

「いい香りねえ、おかあさん。」

ふたりは、おふとんの上で笑っていましたが、やがて、縁《えん》がわの窓《まど》から秋の風が、さっと通りすぎますと、その、おふとんのハーブの葉っぱは、外の芝生に吹き出されて、ひらひらと空高く舞いあがってゆきました。

そして、どこからか、あの竹笛の音が、ヒューールルと鳴《な》っているように、なっちゃんは思いました。

「さようなら、ハーブの舟。」

なっちゃんと、お母さんは、ハーブの葉っぱが青い青い空に小さくなって消えてしまうまで、いつまでも見送《みおく》っていました。

おわり

飛騨国分寺大いちょう記

雨が霧に変わっていた。

杉の木立は、白いもやに包まれている。

「まだ降るな、きょうは、もう一つ仕上げるか。」

作りかけの藤《とう》づるの篭《かご》を脇《わき》へよけると、篭作りの男は、そう言って袋から木の実をひとにぎりつかんだ。

「ほれ、サブよ、昼めしじゃ。」

この男の住む山小屋の隅《すみ》には、太い枯れ木が立てかけてあった。

その木のほこらの暗い穴の中には、黒いものがうずくまっていたが、男が穴から差し入れた木の実をゴリゴリとかむ音がした。

村人は、この男を「げんじい」と呼んだ。じいと言われるほど老《お》いてはいないが、この山に住んで、独《ひと》り篭を作っている男の素性《すじょう》もその年齢も、分からぬまま、

「名は、伊助とか、いや、本名は大野伊十郎というて、以前《いぜん》はえらい剣術の達者《たつしゃ》な男よ。」

と、噂話《うわさばなし》はこの山奥のはるか下手《しもて》の里でも百姓衆《ひゃくしょうしゅう》の間に広まっていた。

「げんじい」と呼んでいるのは、この山中の杉林の谷あたりが、〝げんじだに〟と言われて

いるからか、それとも、この野猿《やえん》も住まぬ山中の谷に、ただひとり、うす暗い杉林に囲まれた山小屋で、篭を作りながら、サブを相手に暮らす、得体《えたい》の知れない男のいることを恐れて、「剣術使いで、けもの使いよ。」「げんじいよ。」となったのかもしれない。

村の衆《しゅう》は、山へ栗《くり》の実を拾いに入る童《わらべ》どもに、「めったに、げんじいの谷まで入るでないぞ。」と戒《いまし》めていた。

男が今、サブと呼んだのは、人間ではない「けもの使いよ。」と言われた、その、けものである。この〝げんじだに〟のあたりには、まだ数頭は仲間がいるに違いない小動物のことである。

村の古老《ころう》、良作《りょうさく》じいさんの話によれば、何でも、村でも一番背の高い、寺の境内《けいだい》の大杉から、村の森や林の木から木へと、暗やみの空を四本の足を広げて、飛んで行ったのを見たという、そう、そのムササビである。

「昔の話になるがの、もう、この村里から姿を消して久しいわの、今じゃ、若い衆は、名も知らんようで。そう奥の山へ行かんでも、屋敷囲《やしきがこ》いの木や畑のまわりにゃ大木のあるのが、村の風景じゃたでな、イタチやキツネ、それにキジも同じように里《さと》の人間と、いっしょに住んでいたんじゃよ。ま、自由にくらしを立てていたちゅうもんさ、それに、シカやイノシシまでもよう出てきたちゅう話だの。」

この話の通り、ムササビは、立木《たちき》にかけ登っては、次の木へと、空中を飛んで移動《いどう》するが、それは、この小動物にとっては、地上を走行《そうこう》するより、身の安全にも都合《つごう》がいいし、もともと、樹上《じゅじょう》生活者であったのだろう。

しかし、昼間はめったに人の目にとまることはない。夜行性《やこうせい》といっていい。

さて、そのムササビを相手に、げんじいというこの男の住む山奥の谷は、街道をはずれた山奥の、高山の町へ出るには、山また山をこえて、その先何里《なんり》も歩かなくてはならない。

これは、薪《たきぎ》には困らぬが、粟《あわ》めし、芋《いも》がゆが上等で、人里《ひとざと》や町の灯が恋しくては、住む所ではないその昔のことである。

げんじいこと「伊助」いや、大野伊十郎が、何ゆえにこの地を選《えら》んで終生《しゅうせい》の地と定めたか、知る由《よし》もない。

その杉林は、まだ霧雨《きりさめ》が、白いもやになって山小屋を包んでいた。

サブは、何年か前の秋のことだ、大風が吹いた。大風のあしたは、薪拾《たきぎひろ》いには都合《つごう》がいい。風で吹き落ちた枯れ枝を集めておけば、この冬は、薪《たきぎ》には困るまいと、翌朝、小屋を出た。沢を渡った所のエノキの老木《ろうぼく》の根元《ねもと》に、サブは落ちていた。

動けない、びしょぬれの仔《こ》を拾ってきたが、サブは死にかけていた。

「ゆうべの大風にやられたか、お前も。」

男は、その時そう言って、いろり端《ばた》で芋がゆを温めて世話をした。その小屋の屋根は、嵐《あらし》に杉皮葺《すぎかわぶき》は大方《おおかた》むけてしまって、ぬけるような空が、木の梢《こずえ》の上に見えていた。

あれから何年も経《た》った。

サブは、元の木の穴の棲《す》み家《か》を忘れてしまったのか、この山小屋の、今、立てかけてある古木《こぼく》のほこらを寝ぐらとした。

やがて、死にそうだったサブも、正気《しょうき》を取り戻《もど》し成長するにつれて飼《か》い主に馴《な》れてきた。

男の、もの言いや、しぐさでその気ごころが、読めるようになったのだろう。

男も、こいつは話はできなくても己《おのれ》の言うことはわかっているのだと、思うようになった。

馴《な》つくにつれて、このサブと、男はお互にいい相棒《あいぼう》になった。男は、サブにいろいろ教えてみた。この小動物が、思ったより利口《りこう》で、機敏《きびん》なことも分かってきた。

げんじいと呼ばれているこの男は、山中を行くには、杖《つえ》に山鉈《やまなた》、それに、藤のつるに鈎《かぎ》のついた鈎縄《かぎなわ》を腰につける。

藤のつるは、細いが縄にしてある丈夫なものだ。杖は、男の足の不自由を支えた。日常はさほどでないが、岩場ではつらいことがあるからだ。

鈎縄は、始めは薪にするために、高い木の枯れ枝に、これをかけて落としていたが、やがて、栗《くり》や、かやの実《み》を取るのに、これを枝に引っかけて、揺《ゆ》すり落として実を拾うようになった。

これは、サブの冬の食糧になったので、男は、サブに自分で鈎縄を喰わえて、枝まで登ることも仕込んだ。やがて男は、目ぼしい枝に石つぶてを投げて、その枝にサブが鈎縄をかけてくるわざも覚えさせた。この芸当《げいとう》は、サブにとっては、冬の糧《かて》を得たし、独りぐらしの男には、山のいい相棒になった。

サブが来てから何年目かの秋のことである。山で大きなかやの木を見つけた。男の投げたつぶての枝に、サブは見事《みごと》に鈎縄の先をかけたが、縄は長さが足りなくて、一方の端《はし》が、谷の上の宙《ちゅう》に浮いてしまった。

男は、縄の端《はし》が届《とど》きそうな所まで、岩をよじ登って、谷の斜面にあった岩場に立った。

「サブ、縄の端をくわえて、ここまで飛んで来い。」

男は、木の上でようすをじっと見ていたサブに、そう言った。

しかし、これは、まだサブには、やったことのない芸当だった。

男が手を振ると、黒いものが、さっと一本の樹へ飛んだ。そしてサブが黒い影のように見えたと思うと、樹上から垂《た》れ下がった鈎縄の端を目がけて急降下した。

サブが、縄の端をくわえて、男の頭の上を滑空《かっくう》したのと、男の手が、ひるがえって縄の端を掴《つか》んだのは同時だった。

この二人?の呼吸は、見事《みごと》にあたって、かやの実は、それから降るように地上に落ちてきて、袋が重たいほど採《と》れた。

げんじいというこの男は、雨の日には、篭作りに精を出した。

藤の篭は、二十ほど出来上がると、山を下りて高山の町へ持って行って、篭屋の下町屋に引き取って売ってもらった。

「サブ、高山の篭屋へ行ってくるぞ、待っていろ。」

そう言って、男は、朝暗いうちに、山を下りることが、月に一度くらいあった。

下町屋は、竹篭が商売だったが、この男の籐の篭も、旅の荷に出してみると言って、買

ってくれた。

男は次の篭の注文を聞いて、売れた篭代《かごだい》をもらうと、高山の町へ買い出しに出る。

帰りの天秤棒には、籐の篭に代わって、塩とみそ、たまり、時には、油や古着になっていた。

里の村でも、山を下り、男の天秤棒《てんびんぼう》の両端につけた篭が、ゆらゆら野道を行くと、仕事をやめて篭を見にくる百姓衆もいた。

そのうち、一つや二つ、高山へ出るまでに買ってくれる村人もいた。

ある年の秋。

村のばあさんが、篭を一つ買ってくれて、代金と、「こんなものじゃが、ええに、食べて行きなされ。」と、干《ほ》し柿《がき》をくれた。礼を言って柿の包みを懐《ふところ》に入れると、山のむこうには、国分寺《こくぶんじ》の大いちょうが、もう黄金色《こがねいろ》にそびえて、遠くから町にも、秋の訪《おとず》れを告げていた。

その日は、山鉈《やまなた》のいいのを買うつもりで、町へ出たが、遙《はる》かに国分寺の大いちょうを望《のぞ》んだ時から、なぜか、「きょうは、お寺へも参ってくるか。」という気持ちになっていた。

男は、町へ出た時には、杖《つえ》は持たない。左足が少しずるように見えるが、山坂で鍛《きた》えられているのか、その後姿《うしろすがた》は、達者《たつしゃ》なもので、「じいさん」などではない。

げんじいというこの男、その昔の彼、大野伊十郎は、実はすでに、剣によって充分その足腰は、鍛えられていたのだが、彼の左足の不自由は、故郷で事件に巻き込まれた時の、負けた相手の恨《うら》みによる。

彼はその頃、村に嫌気《いやけ》がさして旅に出たが、村はずれの峠には、ならず者の相手が、固《かた》まって屯《たむろ》していた。

「挨拶《あいさつ》をしてゆけ。」と言うことから、立ちまわりとなったが、相手を傷つけまいと、竹の棒を振るう伊十郎に、一団は、彼の抜《ぬ》き胴差《どうさ》しの使い手と知ってか、刀を抜いて向かってきた。

小雪の舞う峠道で、相手は刃物を払い落とされ勝ち目がないと見ると、岩山から鏑矢《かぶらや》が飛んで来た。矢を左足に受けた伊十郎は、礫《つぶて》を投げた、それは、まともに射手《いて》にあたって、下の谷川に落ちて行った。

それから、後をふり向きもせず村を去る。十年の歳月《さいげつ》は、またたく間に過ぎた。

もはや、篭作りのげんじいは、いるが、阪東村《ばんどうむら》の伊助こと、抜き胴差しの使い手、大野伊十郎は、いない。〝げんじだに〟で、サブを相手に、独りぐらしの男、篭作りのげんじいがいるだけである。

伊十郎は、そう思ってこの山奥で、藤の篭を作って生計《せいけい》を立てている。

〝勝負〟それは、片意地《かたいじ》を張り合うことだったではないか。優劣《ゆうれつ》を決めたところで得るものは所詮《しょせん》なし。

彼がこの想いに至ったのは、この飛騨の山々の春夏秋冬《しゅんかしゅうとう》が、霧に雨、霙《みぞれ》に雪、月に嘯《うそぶ》く風、およそ人気《ひとけ》のない世界でみたものの姿が、彼を変えてしまったと言っていい。

「もはや、この二刀に用はあるまい。」と、刀を小屋の隅の方へ納めて置いたが、山へ入る時や、町へ出る時には、小脇差《こわきざし》の小刀だけ懐《ふところ》にした。

町へ出た伊十郎は、いま、国分寺の山門《さんもん》を入って行く。

遠くの青くかすんだ山脈の頂《いただき》には、白いものが見え、七重の塔の傍《かたわ》らの大いちょうは、黄金の葉を天に届《とど》けと広げていた。

見ると、その大いちょうの下で、はらはらと降る葉にわき目もふらず、一心《いっしん》に木彫《きぼ》りをする者がいた。

被《かぶ》りものの形から、僧の姿をしているが、男ではない。歳《とし》のほどもさだかでない。

その手捌《てさば》きに、しばらく見とれていた伊十郎は、尋《たず》ねてみた。

「尊者《そんじゃ》は、このお寺の彫《ほ》り物師《ものし》かや。」

「いえ。」

「ならば、御身《おんみ》の修行《しゅぎょう》のためか。」

「いえ。」

「ならば、このお寺の祈願《きがん》、寄進《きしん》のためか。」

「………。」

僧は、顔さえあげず、彫り続けていた。

一陣《いちじん》の秋風が、通り過ぎて言った。

いちょうの葉は、広げた筵《むしろ》の上にも、僧の被り物の上にも、ひとひら、ふたひらと舞うように、降りかかっていた。

伊十郎は、七重の塔を見上げた。蒼空《そうくう》の白雲は、足早《あしば》やに流れ、山国の冬が近いことを知らせていた。

「阿闍梨《あじやり》さまの」

刻《きざ》んでいた手が、いちょうの葉を払って、原木《げんぼく》を引き寄せると、かすかに僧は、そう言ったのだが、伊十郎の耳には、聞こえなかった。

彼は、黄金色のいちょうの大樹《たいじゅ》に見とれていた。

そして、傍《かたわ》らの鐘楼《しょうろう》に目をやると、

「あの、鐘楼堂ならば、一夜《いちや》の雨露《あめつゆ》もしのげよう。」と、呟《つぶや》くように言った。

伊十郎が、高山の町へ出ても宿《やど》はない。日のあるうちに、山へ帰ればいいが、遅くなれば、橋の下が宿である。

夏は、宮川《みやかわ》の川風にそれもいいが、秋冬ともなれば、宿《やど》の灯《ともしび》は見えても、宿賃《やどちん》のある身ではない。

あの七重の塔の下ならいいが、寺男に追い払われよう、犬ならば追い立てられもしまいにと思う。

「もし、旅のお方。」

僧は、はじめて顔をあげて言った。

「あの鐘楼堂は、私の仮宿《かりやど》で。」

それは、かぼそく、消え入るような女の声だったが、訴える目には、確信があった。

「さようか、先客《せんきゃく》がついておれば、仕方がござらぬ。や、わしは日暮れまでには、どこぞ宿を探すによって、お気がねは要《い》らぬ。」

と、立ち去ろうとしたが、踵《きびす》を返すと、

「尊者よ、この寺内《てらうち》は夜風《よかぜ》が冷えよう、これを着られるがよい。明日の朝に、あの大いちょうの枝の端にでも、かけておかれよ。」

と、山で雨合羽《あまがっぱ》の代わりをしていた胴着《どうぎ》を置いた。

「もし、旅のお方。」

寺を立ち去ろうとする伊十郎に、僧は居住《いず》まいを正して言った。

「ご覧《らん》下されたか、私は女の身、姿の僧は、仮《かり》の姿にございます。ご親切はかたじけのうございますが、この胴着は、旅のお方さまこそ、夜風をいとうて下さりませ。」

僧は、胴着を押しやると、

「吹く風の袖《そで》すり合うも縁《えん》とか、お聞き下さいまし、旅のお方。お見受けしますところ、私と同じ宿なしの、流浪《るろう》の御身《おんみ》のように見えまする。いえ、旅の行《ゆ》く方《え》も、生国《しょうこく》はいずれとも問いますまい。

ただ、あの鐘楼堂《しょうろうどう》は、ゆえあってこの私が、おこもり堂にと、寺の許しを受けました仮《かり》宿《やど》。いえ、これがなくば、あそこをお方さまの仮寝の宿になさいますとも、格別《かくべつ》、お寺のお科《とが》めもなくば、旅の身空《みそら》のお方さまにゆずり、私こそ宮川の橋の下でこの筵《むしろ》にくるまうても、よろしゅうございます。」

「尊者もまた、同じ流浪の身か、これとは、その彫り物のことでござろう。女の身でその木仏《きぼとけ》を一心に刻みなさるは、信心《しんじん》ばかりでもございますまい。それもまた、仏法《ぶっぽう》のいう浮《う》き世《よ》の輪廻《りんね》と申すべきか。」

伊十郎は、天を仰《あお》いで塔の先を見た。

澄みきった青い空に、黄金のいちょうと、宝輪《ほうりん》が、俗世《ぞくせい》を見下ろすように、西日を受けて燦然《さんぜん》と照《て》り映《は》えていた。

伊十郎は、しばらく、その佇《たたず》まいに我を忘れて見とれていた。

これは、ここにお在《わ》す薬師如来《やくしにょらい》さまの、慈悲心《じひしん》のなせるわざであろう。いや、この何とも言えぬ荘厳《そうごん》、爽快《そうかい》な気分は、それに違いない。

伊十郎のこの想いは、この場から彼の足を去り難《がた》くした、そして、再び、僧形《そうぎょう》の女仏師《おんなぶつし》の姿様《なりよう》を改《あらた》めて見た。

あたりは、朱塗《しゅぬ》りの七重の塔と、この蒼空《そうくう》に映《は》える黄金の大樹《たいじゅ》。山門に続く鐘楼の御堂《みどう》。そして、この、いちょうの降り積もる筵に、独《ひと》り座《ざ》す木彫りの僧。形《なり》は乞食《こじき》にも似《に》ている。が、その姿は、あたりにものの音さえないが、みなその形と色は、如来さまの慈悲《じひ》そのものに見えた。

伊十郎は、この、さながら一幅《いっぷく》の絵にも勝《まさ》る国分寺の秋の、華麗《かれい》にして粛然《しゅくぜん》たる佇《たたず》まいをそこに見たのである。

「この秋《とき》に、このお寺に参りここに在《あ》るは、まことに至福《しふく》の者よ。」

彼は、生まれて始めて、己の心にゆとりを感じていた。勝負《しょうぶ》の、義理《ぎり》の、何のを捨てて山の独りぐらしになれて、気楽《きらく》になったのは確かだが、こんな心境《しんきょう》になったことはない。

「この女仏師は、もしや、薬師如来さまが、ここに、お遣《つか》わしになったのではないか。」

そんな気さえしてきた。

「尊者よ。ここでいつまで刻んでおられるか。」

「阿闍梨さまの仰《おお》せの、三十三になるまででございます。」

「三十三体もの、みほとけを刻んで何になさるか、ゆくゆくは、飛騨《ひだ》の仏師《ぶつし》を志《こころざ》してか。」

「ほほ、仏師さまなどど。」と、笑って、

「旅のお方、これはその、おっしゃる通り、俗世《ぞくせ》の輪廻《りんね》にございましょう。ただいまは、こうして、袈裟衣《けさごろも》に身は包みましても、女の業《ごう》は、仏心《ぶつしん》に近づくことかないませず、にわか仕事に一念発起《いちねんほっき》しているだけでございます。」

僧は、ひざに積もった木くずを払った。

「お聞き下さいまし、旅のお方。

さきほどの、ゆえあってのこととは、あ、もし、そこは下が冷えまする。こちらの筵《むしろ》の方が、よろしゅうございましょう。」

僧形の女仏師は、いま自分が、すわっていた座ぶとんを木くずの上に敷《し》いた。藍色《あいいろ》の座ぶとんには、まだ人の温《ぬく》みが残っていた。

「すまぬ。」

伊十郎は、それにどっかと腰をすえた。そして、肩から頭陀袋《ずだぶくろ》をはずすと、中から、干《ほ》し柿《がき》を取り出して言った。

「喰わぬか、道中で婆《ばば》さから受《う》けたものじゃ。」

「おおきに。」

干し柿を置いた木くずの上には、うすい紫色をした一輪《いちりん》の桔梗《ききょう》の花が木仏に供《そな》えたように置いてあった。

「旅のお方、私がこの木仏を刻むは、次郎丸《じろうまる》のためにございます。」

「尊者、そなたの子どものためと言わるるか。」

「はい、ゆえあって、私が女手ひとつで育てて参りましたが、持病《じびょう》がもとで治《なお》りかけた病《やまい》がまた日に日に重《おも》くなりました。

私の父は、もうこの世にはございませぬが、もとはこの高山の、彫《ほ》り物師《ものし》で京に出てからは、寺住《てらず》まいの仏師の仕事をしておりました。」

「さようか、飛騨のたくみの出《で》じゃな。」

「はい、父は申しておりました。その子はひ弱《よわ》に見ゆる、もし疫病《えきびょう》に取りつかれて困る時は、国分寺を訪《たず》ねてみよ。阿闍梨さまの秘伝《ひでん》になる神農《じんのう》以来の生薬《しょうやく》は、神仙《しんせん》のもの。万《まん》病《びょう》もことごとく癒《い》ゆると聞く。思うにそれこそは、そこにお在す薬師如来さまの慈悲心のなせるものに違いない。有難く如来さまを信心して、阿闍梨さまの仙薬《せんやく》を乞《こ》うのがよいと。」

「で、子連《こづ》れの旅に、はるばる京からこの、飛騨のお寺を訪ねたのか、阿闍梨さまに診《み》てもろうたか、それで、何と申されたか。」

伊十郎は、その時、手足のやせ細った病身《びょうしん》の子どもの手を引いて、山国《やまぐに》の峠越《とうげご》えをする母子の姿を脳裡《のうり》に思い浮かべた。

「はい、それが。」

その時、女仏師は、被り物の下の顔をおおった。ひとしずくの涙が、膝《ひざ》の前の木仏に落ちて木肌《きはだ》をぬらした。

「…………。」

顔を伏《ふ》して、震《ふる》えていた墨染《すみぞ》めの僧衣の、肩《かた》の嗚咽《おえつ》が止むと、

「旅のお方、つい、不覚《ふかく》なところを。わが子の身の哀《あわ》れさを思い。それで、阿闍梨さまの申されますよう、

『はるばるこの寺を頼りに参られたが、その子次郎丸は、母者《ははじゃ》どの、よう聞かれよ。つらいことを申さねばならぬ、そなたのお父上《ちちうえ》どのも、すでに知っての通り、生薬《しょうやく》は、諸病《しょびょう》を癒やすに草根木皮《そうこんもくひ》、百種《ひやくしゅ》をもって足らず、寺に欠くるものは、補《おぎな》うに諸国の山野を歩く。次郎丸は、診《み》るところ、その心気弱妄《しんきじゃくもう》し、加《くわ》うるに旅の疲《つか》れか、五臓六腑《ごぞうろっぷ》も萎《な》ゆること多《た》大《だい》なり。百日は、養生《ようじょう》をもって生気《せいき》の回復《かいふく》を待つがよい、余《よ》は、八方《はっぽう》手を尽《つ》くして生薬を処方《しょほう》するによって、母者《ははじゃ》なるそなたは、わが子の快癒《かいゆ》を念じて、しばらく寺に預《あず》けられよ。悲歎《ひたん》にくれても詮《せん》なきこと、今は、薬師如来さまを信心して、そのお加護《かご》を頼むがよい。そして、そなたのお父上の技《わざ》を再び代わり作るの気をもって、三十三体のみほとけを刻んで如来さまに念ずべし。ただ、寺は、周知《しゅうち》の通り女人禁制《にょにんきんせい》、葷酒山門《くんしゅさんもん》に入るを許さず、泊《と》

めることかなわぬ。なれば、この国分寺への信心衆《しんじんしゅう》が、堂篭《どうご》もりして念仏《ねんぶつ》するは数多し、三十三体の木仏を刻む僧が、鐘楼にこもるも、みほとけのお科《とが》めなからむ。かならずやその一念《いちねん》は、仏国土《ぶつこくど》に通じ、次郎丸は、病も癒えて甦《よみがえ》ろうぞ。』と。

いいえ、これは、旅のお方。阿闍梨さまの、このお話の仰《おお》せがなくとも、しばらくは、次郎丸の近くの、寺のわきの橋の下でも宿に、ようすを見守るつもりでございました。

こうして、寺内におりますだけでも有難く思いまするに、この袈裟衣《けさごろも》までもお貸し下され、あの鐘楼堂の天井裏《てんじょううら》は、しばらく旅の修行の僧が、念仏にこもるによってと、お寺の別当《べっとう》さまに、お頼み下さいましたようにございます。」

「阿闍梨さまのおかげじゃ。」

「はい。すでに飛騨の山奥の、父の生家《せいか》はなく、この流浪の旅の女には、その日の糧《かて》もままならぬ身の上、あの京の、四条河原《しじょうがわら》の女乞食《おんなこじき》と変わりありませぬ。

この、お布施《ふせ》下された干し柿にさえ、ありつけませぬが、思いまするに阿闍梨さまが、三十三体のみほとけになる、いちいの木まで探して下さるは、『母者そなたは、飛騨のたくみの娘。やがては、女ながらも木仏を刻み、身をたてて世を渡れ。次郎丸が癒え成人のあかつきには、きっとその苦行《くぎょう》が、報《むく》われようぞ。その子次郎丸は、父のあとを継《つ》ぎ仏師を見習《みなら》うであろう。』という、口には出さぬが、ご分別《ふんべつ》と、思い至《いた》りましてございます。」

女仏師は、そっとまた、涙をぬぐった。

日は西に傾《かたむ》いていた。

「尊者、そなたは、ようそこまで気づかれたぞ。」

「この、秋の花と同じ名、桔梗《ききょう》と呼んで下されｄ。」

「ききょうと言う名か。いや、尊者でいい。三十三体もの木仏を刻み、一心に念仏し御堂《みどう》にこもるは、尊き者よ。もし、拙者《せっしゃ》が、京へ上《のぼ》り、宮川《みやかわ》ならぬ鴨川《かもがわ》の、堤《つつみ》の道にでも、また会うたなら、桔梗その名もふさわしかろう。いや、京のみやこなどと、この、あてどもない男の旅がらすが、話なんぞ信ぜぬがよかろう。」

「いえ、人の運《うん》は、分らぬもの。あ、もう、日があんなに傾いてまいりました。あの、ならず者どもが。きょうは、この場をここらでたたみまする。」

「なに、ならず者と、ならず者がでるかや。」

伊十郎は、きっとなって辺《あた》りを見た。

彼の手は、すでに懐中《かいちゅう》の小刀にあって、立ち上がった一瞬《いっしゅん》の身のこなしの、すばやさは、すぐに、この僧形の女仏師桔梗に伝わった。

「これは、ただの旅人でない。修羅場《しゅらば》をくぐった人の……。」と、敏感《びんかん》にそれを覚《さと》った。

「旅のお方は、剣術《けんじゅつ》でもお使いなさるか。」

伊十郎は、それには答えず黙《だま》ったまま、また座《すわ》りなおした。

「ならず者どもは、夜《よ》な夜《よ》な、この界隈《かいわい》に出て、何を企《たくら》みおるのかや、たかりにでもくるのかや。」

「いえ、一昨日《おとつい》までは、あの山門の土塀《どべい》のあたりで、火を焚《た》いて暖《だん》をとっておりましたが、昨夜あたりから、経堂《きょうどう》の破れ戸をさいわいに、寝ぐらにしたらしゅうございます。それも、二、三人が、五、六人に増え、こちらを窺《うかが》う気配《けはい》も見えまする。」

「尊者、そなたの持ち物を盗《と》ったとて、いくらにもなりますまいが。でも、女《おなご》の身で心もとあるまい、日の暮れぬうちに、早々と、鐘楼堂の天井裏《てんじょううら》に身をかくすのが良策《りょうさく》じゃ。」

「はい、後まだ、十体《じゅったい》ばかりのみほとけを作りあげるのに、三、四日は、かかりましょう。それまでは、何があろうと、この場でと決めておりましたが。」

「尊者よ、そなたは、身を守るすべも見受けられぬ、その、信念だけでは悪党《あくとう》どもにかなうまい。」

「はい、この小刀と、木彫りの鉈《なた》で立ち向かうも、知れたこと。仏法を念ずるよりほかはないと。」

と、本堂に向かって手を合わせた。

すでに夕日が、その指先と袈裟《けさ》衣《ごろも》を赤く染めていた。

伊十郎は、この女仏師が、木仏を仕上げ終えるまでは、見守らねばならぬという、己をこの場に、引き寄せて離《はな》さぬ何ものかをこの時感じていた。

それは、不可思議《ふかしぎ》な力だが、身の内に凛然《りんぜん》としたものが湧《わ》いてくるのを禁《きん》じ得なかったのである。

「案ずるなかれ、桔梗どの、いや尊者よ。仏法は、必ずや御身の安全をその木仏の、念願《ねんがん》成就《じょうじゅ》するまでご加護《かご》あるに違いない。何やら拙者《せっしゃ》には、そのことがよう分かりますわい。」

伊十郎の自信に満《み》ちた顔つきに、

「お気を強う言《い》うて下され、私までもが力が湧《わ》きまする。明日は、一途《いちず》に仕事が出来ますよう、みほとけさまに祈ります。」

と言うと、深々《ふかぶか》と頭を下げた。

それは、身は僧形《そうぎょう》にかくしても、争《あらそ》いには勝てぬ女の身。このよるべのない者を、たとえいずこも知れぬ旅の女乞食《おんなこじき》でも、男の刀にかけて、この場の狼藉《ろうぜき》は許すまじという、伊十郎の気魄《きはく》が、夕暮れの冷気《れいき》とともに、桔梗には、深々《しんしん》と肌身《はだみ》にしみてきたからであろう。

「尊者よ、拙者こそ頭を下げて礼を申さねばならぬ。この不信心者《ふしんじんもの》が、寺参《てらまい》りして、このお寺にお在《わ》す薬師如来さまのおかげか、何ぞ、すっかり心気《しんき》も軽くなり申した気がしますぞ。どれ、仮《か》り寝《ね》の宿《やど》でも探すといたそうか。

で、時に。ああ、その別に行《ゆ》く方定《えさだ》めぬ、ひとり旅の男じゃ、また立ち寄るやも知れず。」

と、伊十郎は、頭陀袋をかけ直すと立ち上がった。

「あ、もし、お引き止めは出来ませぬが、いま、ひとつ私の願いを聞いて下され。」

と、女仏師は、腰に巻きつけていた、襤褸《ぼろ》の中から、袋を取り出すと、

「これは、私の父の家に伝わる、二寸八分《にすんはちぶ》の盧舎那仏《るしゃなぶつ》。これが金銅《こんどう》作りと分かれば、あのならず者どもが、私を殺《あや》めても、金に代えようと企《たく》むでございましょう。

いえ、それより何より、これは、父が〝げんじだに〟の奥の不動《ふどう》の滝《たき》へ祠《ほこら》を建てて、安置《あんち》ましますべきものと、折《おり》あるごとに話し申していましたもの。いつか高山へ帰る節あらば、祠にわが手で御堂を作り祭祀《さいし》せんと。」

「む、では、お父上も、尊者も、かねがねその、金銅仏をお手本に、木仏を刻んでおられたのか。」

「はい、まだ童《わらべ》のころから、父の仕事は見ておりました。何とか見よう見真似《みまね》で、父にはかなわぬまでも、形だけは、どうにか出来るようになりました。」

「して、その願いごととは。」

「はい、私が残り十体ほどの木仏を作り上げるまで、この盧舎那仏をお預かり下され。もし、運なくてこの私めに、万が一の事があれば、何とぞお方さま。旅の道すがら〝げんじだに〟の不動《ふどう》の滝《たき》のもとへ埋め、納《おさ》めて下さりとうございます。」

「〝げんじだに〟の不動の滝か。」

伊十郎は、ふっと、あの〝げんじだに〟の奥に轟々《ごうごう》と鳴る滝の音を思った。

「拙者。あの山奥の〝げんじだに〟も滝も、たずねる事は出来ようが、旅の、このいずことも知れぬ男の、旅がらすに、それを預けたもうのか。尊者のお父上の家宝《かほう》と伝わるという、この上なき気高《きだか》きみほとけを。」

「いえ、そのような旅のからすなどど。父より伝わるこの金銅仏が、ならず者の手に落ち踏《ふ》みにじられるのを忍《しの》ばれませぬ。後、何日か、私に運あらば、この木仏は刻み終《お》えることが出来ましょう。この、みほとけは、父に代わり私が、高山まで旅立ちしたからには、滝を拝《はい》して納《お》さむべきもの。三日後の朝、この場にお立ち寄りお返し下されそれまでに、もし何かことが変わりましたならば、この私の矢文をあの、大いちょうの幹《みき》に刺《さ》しまする。」

桔梗は、片ひざを立てると、簪《かんざし》を抜《ぬ》いた。

「ご覧下さいまし。」

と、身を捻《ひね》ったその女仏師の手から、頭の簪が、飛鳥《ひちょう》のように飛んで、大いちょうの幹《みき》にはっしと止まった。

「お見事じゃ、あの、一丈三尺《いちじょうさんじゃく》もある高さならば、人も気づくまい。いや、並《なみ》では取るに取られぬ。」

簪の止まっている大いちょうの幹は、そこから上にまだ、三尺《さんじゃく》ばかり枝は、ついていなかった。

「簪を取って進《しん》ぜよう。」

伊十郎が、女仏師のそばから離れ、軽く助走《じょそう》を始めたと見ると、大地をけって身をかがめた体が、もう大いちょうの幹に飛んでいた。

そして、簪を抜き取ると、彼の体は宙返《ちゅうがえ》りをした。それは、一瞬《いっしゅん》の出来ごとであったが、幹をかけのぼる様は、まさに〝げんじだに〟の野猿《やえん》よりも早く見えた。それは、足だけになった男が、大樹の幹をかけ登るかに見えたが、体が反転《はんてん》して宙を一回転した時、彼の足は、地上に立っていた。

伊十郎の抜き胴差しの技《わざ》は、この反転《はんてん》の瞬間《しゅんかん》に相手が倒されていたのである。

が、彼は、己より弱い相手を見ると、決してこの技は使わなかった。

「尊者、桔梗どの、これは大事《だいじ》にされよ。」

と、桔梗の手に渡した簪を見て、それは、この簪だけに言ゆうているのではないことが、女仏師には、すぐ伝わった。

「有難う存じまする、無理な願いまでも、お聞き下され、お方さまこそ、道中《どうちゅう》を大事になさいまし。」

日は、山に入りかけていた。

「拙者も急がねばならぬ、御仏《みほとけ》は確かにお預かり申した、では、これにて。」

僧形の女仏師は、伊十郎が山門《さんもん》を出て行くまで手を合わせ頭を上げなかった。

入《い》り相《あい》の鐘《かね》が鳴っていた。

本堂の方から読経《どきょう》の声もしていたが、やがて、夕闇《ゆうやみ》があたりを包むと、寺の境内《けいだい》は、昼の輝きを失せ、あの、大いちょうも、堂塔《どうとう》もみな黒々と天にそびえ立つ光景となった。

そして、鐘楼堂も山門《さんもん》も、それに続く参道《さんどう》もが、闇に紛《まぎ》れてしまうと、人っ子ひとり通わぬ夜となった。

ただ、いちょうの葉だけが、音もなく舞い落ちていて、国分寺は深い闇になっていった。

翌朝。

何事もなく夜は明け、女仏師桔梗は、昨日と同じように一心に、木仏を刻んでいた。

あのならず者どもも、なぜか昨夜は、姿を見せなかった。

いや、何事もなかったように見えたのは、彼等が、そこに姿を現さなかっただけのことである。

それから、ならず者の一団は、十人にも増え、山の手の神社の賽銭箱《さいせんばこ》を盗《と》り、社《やしろ》を荒らしていた。

伊十郎は、この、国分寺の経堂《きょうどう》を寝ぐらにした、ならず者の一団が、夜更《よふ》けに帰ってきたのを密《ひそ》かに知っていた。

それは、経堂の隣に薪小屋がある。伊十郎は、昨夜、そこに忍《しの》び込んで、その薪の山の上に寝ていたからである。

経堂とわずかにへだてた、屋根裏《やねうら》に近い薪の上の方にいると、梁《はり》の隙間《すきま》から、経堂の破れ戸の中も、鐘楼堂も見える。両方の監視《かんし》には、都合のいい所だ。

その夜は、小屋の中の、炭俵《すみだわら》のこもをかぶり、ならず者の頭《かしら》らしい男の話に耳をすました。

「金は袋に入れよ。賽銭箱は、分からぬようにお宮に戻《もど》すのだ。」

「明日の晩、金を入れた袋は、鐘楼堂の天井裏《てんじょううら》へかくせ。」

「山わけは、それからだぞ。」

「かしら、寺男《てらおとこ》が来たらどうするのだ。」

「何、あそこは、旅の修行の坊主《ぼうず》がひとり、念仏《ねんぶつ》にこもっているぐらいのものだ。」

「あの、昼間は、いちょうの樹の下で、仏を刻んでいる坊主か。」

「仕事のじゃま立てするようなら、斬《き》ってしまえ。」

盗人《ぬすびと》どもは、それから濁酒《どぶろく》をあおると寝てしまった。

「困った奴《やつ》どもよのう。」

と、伊十郎は、こんな連中《れんちゅう》には、道理《どうり》を説いても通るわけもなし、弱い者を泣かせては、その日ぐらしをする輩《やから》かと思った。


朝日が、七重の塔の朱色をいっそう華《はな》やかに見せていた。

伊十郎は、彫り物を始めた女仏師の前に行くと、

「尊者よ、桔梗どの、今夜は、あの鐘楼堂が盗人《ぬすびと》どもの巣《す》じゃ。あぶないぞよ。引き払うがよかろう。」と、昨夜のもようを話した。

「有難うございます、きょうは、日暮れ前に筵《むしろ》をたたんで、東の山の寺町《てらまち》へでも。」

「あては、ありますするのか。」

「いえ、いたしかたございませぬ。東の山の寺々の中には、二、三日の身のかくし場所もございましょう。」

「さようか、居所《いどころ》が変わっても、もし、事があって困ることがあらば、あの大いちょうに、例の矢文を射よ。ならず者のこと、今度は、お宮から寺の方へ行くやも知れず、気をつけられるがよい。」

「心得《こころえ》ておきまする、お方さまは、このお寺に留《とど》まりまするのか。」

「ならず者と争《あらそ》いは好まぬが、尊者、そなたが、ここで木仏を刻み、みほとけに仕え、念仏修行の僧と知っても、相手は、道理のとおる者どもではない。

拙者は、ここで、しばらくようすを見るつもりじゃ。そして如来さまのお加護《かご》を祈るによって、尊者は、女《おなご》の身、日の暮れぬうちに、どこぞ寺の本堂の下にでも仮り宿を求《もと》めるがよい。」

それから、伊十郎は、いずこともなく立ち去って行った。

やがて、筵を巻いた桔梗が、国分寺の山門を後にしたのは、午後の日がまだ、山にかかっていなかった頃である。

大きな布袋《ぬのぶくろ》を背負《せお》い、錫杖《しやくじよう》をついて出てゆく、後姿《うしろすがた》をそっと見ていたのは、薪小屋にかくれていた伊十郎だけであった。

秋風が、また、はらはらと、いちょうの葉をその参道と、出て行く女仏師の袈裟衣《けさごろも》の上に降りかけていた。

見れば、大いちょうの樹は、梢《こずえ》の方から、すでに落葉して鋭《するど》い針のように天空をさしている。そして、そこから冷たい山国の秋風が、寒々《さむざむ》と吹き下りてきた。

「今宵《こよい》は冷えてくる。」

その晩。伊十郎は、宿となった寺の薪小屋の中の、炭俵《すみだわら》の上に息をひそめていた。

夜が更《ふ》けると、衿元《えりもと》をしめて、じっと聞き耳を立てていた。

「金は、鐘楼堂の天井裏へかくしたか、誰にも気づかれぬな。」

「へい、見ていたのは、ふくろうだけで。」

「あの、おこもりの坊主は、どこへ行った、出くわさないのはなぜじゃ。」

「旅の坊主のこと、もう、出立《しゅったつ》したのじゃ。」

「いや、われらを恐れて逃げ出したのじゃ、いくら仏法《ぶっぽう》を説き、身の修行をする坊主だって、あの世はご免《めん》ださ。命は惜《お》しかろう、ハハハ。」

「うむ、それにしても、われらがこの辺《あた》りに屯《たむろ》しているのを知っているのは、あの坊主だけではないか。寺男もまだ気づいておらぬ。や、坊主は、われらのことを知って逃げたぞ、や、飛騨《ひだ》の国司《こくじ》に告《つ》げ口《ぐち》せんとも限《かぎ》らぬぞ。秋造《あきぞう》に仲十《なかじゅう》、坊主はどっちへ逃げたのかや。」

「へい。昼間は、あそこのいちょうの木の下におりましたが、いっこうに。」

「うつけ者じゃ、それで見張《みは》りの役がつとまるか、探せ。追うのじゃ、ここからまだ遠くへは行くまい。」

「へえ。」

「やい、やい。うつけ者ふたりでは、心もとないわ。そこな新《しん》も八《はち》も、や、みんなで行けい、すぐ行けい。」

この盗人どもの頭目《とうもく》の見幕《けんまく》に、驚いた手下どもは、くもの子を散らすように、経堂から出て行った。

それから、経堂のなかは、物音一つしなくなった。

しばらくすると、金をかぞえる音がした。

「ウフフ。どいつも、こいつも、うつけ者だよ。鐘楼堂の天井裏にかくした袋の中の、石ころでも持って行って、山分けするがいいさ。」

伊十郎は、この頭目の独《ひと》り言《ごと》を聞くと、そっと薪小屋を出た。彼の手には、商売の天秤《てんびん》棒《ぼう》が握《にぎ》られていた。

暗闇《くらやみ》の中を国分寺の前から通りへ出る。

「手下《てした》どもは、どこへ行くか分らぬが、桔梗の仮り宿にするという寺町《てらまち》へ入るのは、防がねばならぬ。何せ、ならず者どものこと、頭目《とうもく》にどやされて走り出したが、やる気のない追手《おって》どもだ、この冷えこむ夜に、ひとりずつ町の辻々《つじつじ》に張り込む知恵《ちえ》もはたらくまい。

とすれば東の山の方へ行くか。寺町へ行くとすれば、宮川を渡るしかない、筏橋《いかだ》か、柳《やなぎ》橋、鍛冶《かじ》橋か、さて、弥生《やよい》橋に向かうこともあるまい。」

伊十郎は、走りながら鍛冶橋に決めた。

町の裏通りをかけ抜けた伊十郎が待ち構えているとも知らず、手下どもは一団《いちだん》となって、ぞろぞろやってきた。

橋の上も、川も、月明かりでさして暗くない。

「待て、この夜更《よふ》けにどこへ行くぞ。」

黒い男の影が、橋のたもとから、ぬっと出てくると、

「何ものじゃ。どこへ参ろうと知ったことか。」

秋造と仲十は、濁酒《どぶろく》をあおってきた。気が強いうえに、酒ぐせが悪い。それに他の手下どもが集まってきた。

「天下の橋じゃ。詮議《せんぎ》は無用《むよう》、何をぬかす。」

ふたりは、腕《うで》まくりすると、左右から伊十郎につめ寄った。

「われは、この飛騨の国司の命《めい》により、盗人どもの目つけをいたす者じゃ。神社の賽銭《さいせん》が

盗まれたによって、この橋を渡る者は、詮議をいたすことになっておる。おぬしら、ならず者と見ゆる、渡ること相《あい》ならん。」

と、役人の真似《まね》をして大手《おおで》を広げて見せた。

「なに、国司の使いの者じゃと、国司さまなんぞより、お頭《かしら》の方が強いのを知らぬな、犬神《いぬがみ》の鉄五郎《てつごろう》の手下と知ってか。」

「なるほど、あの畜生《ちくしょう》の犬を人なみに扱《あつか》うという、大うつけ者の、それに仕《つか》えるまた、大うつけのならず者どもか。畜生にも劣《おと》る数々《かずかず》のわるさ、町中での悪業《あくぎょう》は、こいつらの仕業《しわざ》であったかや。」

「ぬかしたな。」

「この貧乏役人《びんぼうやくにん》めが。」

「たたきのめしてしまえ。」

どっと十人が、一団となってかかってきた。伊十郎は、最初《さいしょ》の二人を足をねらって、天秤棒で払《はら》った。続いてきた奴は、下から突き上げると、川へ放《ほう》り込んだ。

右から突きかかった相手も、欄干《らんかん》に突きとばされて、したたかに頭を打った。秋造と仲十は、小刀を抜いてきたが、たちまち伊十郎の天秤棒に、たたき落とされると、拾う間もなく川に投げ込まれてしまった。

手下どもは、五人までも、天秤棒に打たれ、仲間が川に放り込まれてしまうと、残りは逃げ出した。

「待て」

天秤棒は、容赦《ようしゃ》なく逃げる奴の、肩《かた》、腕《うで》に飛び、足を払った。そして次々に川へ放り込まれてしまった。最後に残った一人は、欄干にすがりついたまま、

「助けてくれ。泳ぎができぬのだ。」

と言った。伊十郎は、

「言え、鉄五郎のすみかはどこだ。手下の

数は、犬は。」

「うう、住み家は犬神《いぬがみ》の森。六十人。八十頭、うう。」

伊十郎は、そいつの衿首《えりくび》をつかむと、引き立てて、

「犬め、失《う》せろ。」と言って、尻《しり》を蹴《け》った。

三日月が、うすく山の端にかかっていた。川風が冷たく橋の下を吹き抜けたが、川の流れは、何事もなかったように、夜の闇に音を立てていた。

それからこの事件は、ならず者どもの頭《かしら》鉄五郎の逆恨《さかうら》みを買うことになる。

伊十郎は、翌日の朝早く国分寺の境内にやってきた。しかし、女仏師桔梗は、いつもの所にいなかった。大いちょうの幹もみたが、簪《かんざし》の矢文《やぶみ》もなかった。

朝市《あさいち》へ行くのか、童子《どうじ》が一人、竹かごを背負《せお》って近づいてきた。

「寺の和尚さまに、ここで干し柿をお布施《ふせ》下された旅のお方かや。」

と、あたりを見廻《みまわ》して言った。

寺内《てらうち》には、まだ参詣人《さんけいにん》もいなかったが、伊十郎は、

「や、坊。おぬし早起きして朝市へ参るか。拙者は、確かにその旅の者。」

と、頭陀袋の中から干し柿の残りを取り出した。

「坊も喰わぬか。すこしかたいがな。」

童子は、安心したように干し柿をひとつもらい受けると、懐《ふところ》から布袋を取り出した。

「うちの近くの、お寺にいた和尚さまから、これをきっと渡して下されと頼まれました。受け取って下され。」

と、その袋を伊十郎に差し出した。

「たしかに受け取り申す。」

開けて見ると、袋の中からは、見覚《みおぼ》えのある桔梗の簪と、一枚の走り書きが出てきた。

それには、

「みほとけを　きざみかりねき　きょうのたび
　ひぐれても　まつのみどりや　さんのうがはし」

とあった。

伊十郎は、これを読むと、すぐさま矢立てを取り出して、その紙の裏に、さらさらと一筆をしたためた。

「坊。すまぬがな、その和尚さまにな、この袋をもう一度、持って返って渡しておくれ。頼む、きっとだぞ。」

と言った。しかし、童子は、そこに突っ立ったままだった。

「ほれ、これは坊のお駄賃《だちん》やぞ。」

と、伊十郎は、童子の手に売れた篭代《かごだい》の小銭《こぜに》を一つ握《にぎ》らせた。

童子は、ひとつぴょこんと、おじぎをすると、いっさんにかけ出して行った。

伊十郎は、「南無《なむ》。」と、その走り去って行く方角《ほうがく》に手を合わせていた。

桔梗は、東の寺の古い本堂の下に襤褸《ぼろ》と筵《むしろ》を敷《し》いて一夜を明かしていたが、走り寄って置いていった童子の、使いの袋を開けて見た。

「くさまくら　たびのかりねの　かわらにも　ききょうのはなや　あきのみやかわ」

この返《かえ》し文《ぶみ》を見て、すべてを諒解《りょうかい》した桔梗は、筵を巻《ま》くと、いずこともなくこの寺を出て行った。

それから、伊十郎は、桔梗の歌が示すとおり、その日の夕暮れには、預かった金銅仏を懐に、宮川にかかる山王橋《さんのうばし》に向かった。

「ききょうどのか。」

「旅のお方さまか。」

秋の日は短い。あたりは夕闇が迫り、川風《かわかぜ》が、寥々《りょうりょう》と吹いていた。もはや二人の顔さえさだかでない。

「旅のお方、あぶのうございます。この高山の町を逃《のが》れて下さいまし。きょうも東の山の寺々は、鉄五郎の手下という、ならず者どもが、山犬を連《つ》れてうろつき始めてございます。何でも、天秤棒を持った旅人風の男で、役人をかたっている者だと探しているもようで、寺々は、明るいうちに戸を締《し》めて、難題《なんだい》をさけておりまする。」

「さようか、ならず者と山犬では、何をしでかすか分からぬ、尊者、桔梗そなたこそ、告げ口の主《ぬし》と、疑《うたぐ》りをかけられているやも知れず、難儀《なんぎ》なことじゃな。」

「いえ、手下の者どもは、国司《こくじ》のお使いの役人だという、その男にひどく天秤棒でいためつけられたらしゅうございます。何でもその男を見つけて仕返《しかえ》しをするのだと。」

「では、桔梗そなたを狙《ねら》うのはあきらめたかや、安堵《あんど》したぞ。それにしても、その役人をかたった、一人の男にひどくいためつけられたと見ゆるぞ、よい薬じゃ。」

「はい。よほど手強《てごわ》い者と見えまする、これは、人の話に。」

話す桔梗の顔にも、伊十郎にも、その時のふたりの表情《ひょうじょう》は、たがいに分からぬまま、話し声だけが、川の流れの音にかき消されるように聞こえていた。

いや、気持ちを読みとろうにも、それは二人には無理であったろう。

それは、つるべ落《お》としの秋の日が、山国の橋のたもとを忽《たちま》ちに暗い闇にしてしまったからである。

「で、桔梗どの、そなたは今宵《こよい》の宿は、どうなさるのか。この冷え込みようでは、橋の下もなるまいに。」

「お方さま、このうえは、次郎丸は、阿闍梨さまの仰《おお》せのとおり、しばらくお預け申しまして、私は、京へもどりまする。

道々に、木仏を刻んで残りは、すべて京で刻《きざ》み終《お》え、三十三体の御仏をきっと、この飛騨高山の国分寺へ再び参り、お納めするのがすじみちと、思案《しあん》のすえに思うておりまする。」

「む。」

「今宵は、国司さまのお館《やかた》のわきで夜を明かし、明日は、京の衛士守《えじもり》の役に向かうという、旅行列《たびぎょうれつ》の後の方から、京へ上ります。」

「うむ、国司や守人《もりびと》らの行列の後に続いて上れば、もし悪党どもに気づかれても手出しは出来まい。国司が京へ上るという話は、町人の噂話《うわさばなし》に聞いていたが。」

「旅のお方、重ねがさねのお願いにございます。旅の道中を案ずれば、その金銅《こんどう》の盧舎那《るしゃな》仏《ぶつ》は、何とぞ、げんじだにの不動の滝の脇《わき》へ埋《う》めてお納《おさ》め下さいまし。この私の命ある限り、木仏といっしょに必ずや、この飛騨高山へ戻《もど》って参りまする。三年が後には、次郎丸もきっと病癒《やまいい》え、ともに、げんじだにの不動の滝に親子でお参りしとうございます。」

桔梗は、僧衣の袖《そで》でそっと涙を拭《ぬぐ》った。

あたりは、静まりかえっていた。

宮川の、この橋の上は、農夫がひとり通り過ぎただけで、星明かりに、川面《かわも》が白くそれと分かるだけだった。

その夜、国司の館《やかた》で、夜を徹《てつ》して木仏を刻む僧も、物置小屋の庇《ひさし》の下で筵をかぶり仮寝《かりね》をする旅の男も、守人《もりびと》らは追い立てなかった。

宿のない者は、京にも、この高山の町にも珍しくない世であった。そこでは、狼藉《ろうぜき》をはたらかぬ限り、庇の下に寝る者は大目《おおめ》に見ていたのであろう。

翌朝、飛騨の国境《くにざかい》を行く国司の行列を見送るように、一人の旅の男がいた。見ると、峠道を行く一行の後には、大きな袋を背負《せお》い、錫杖《しゃくじょう》をついて行く、乞食の姿をした一人の旅女がいたが、男に近寄ると、

「お方さま、次郎丸は、必ずや治りまする。この先、三年が後には、きっと高山へ参ります。もし、運がなくて次郎丸が、病に苦しみ、母をたずねることあらば、この世には、鬼ばかり住まうものにあらず、母者は、かならずお前をむかえに来ると。」

と、旅の女、桔梗は、涙を拭《ぬぐ》いもせず、後を振り返り振り返り、峠道《とうげみち》を下りて行った。伊十郎は、国司の行列も旅女の姿も白い朝霧にかくれるまで、身動きもせず見送っていた。

それから三年の月日が経《た》った。

「もはや、桔梗は、高山へは帰るまい。」

そう思ったのは、この〝げんじだに〟の奥の不動の滝の脇へ、約束どおり盧舎那仏を埋め、

祀《まつ》りをして、山の暮らしと、高山の町の篭屋に行ったりした日々だったが、以来久しく何の音も沙汰《さた》も聞くことがなかったからである。

いや、それは、ひとつには、山を下りて町へ出ることが少なくなったからかも知れない。伊十郎は、鍛冶《かじ》橋の一件以来、ならず者どもとの関《かか》わりを嫌《きら》って、用のない限り、高山の町も、国分寺へも出かけなかった。

篭屋をまわって用をたすと、日のあるうちに、さっさと山へ帰ってきた。それは、あのならず者どもと、二度とわたり合うまいと決めていたからである。あの一団を相手では、山犬も斬ることになる、刀を捨てた己が、また犬の血をか。と思ったのである。

いま、山小屋の外は、白いもやが立ちこめている。きょうは、注文《ちゅうもん》の篭《かご》が、あと二つで出来あがる。

伊十郎は、立って小屋の隅から刀袋を取り出した。

「気が向かぬが、これも使わねばなるまいか。」と、呟《つぶや》くように言った。

脇差《わきざ》しの小刀の方は、山で藤のつるを取るのに役立ったが、この大刀の方は、もう使うことはあるまいと思っていた。

「使わねばなるまいか。」と言ったのは、あの鍛冶橋の一件をどうやら、鉄五郎が、犬と手下を使って嗅《か》ぎ出したからである。

それは、町へ篭を売りに行った時のことである、下町屋の主人が、奥の方へ手招《てまね》きして、小声で言った。

「げんじい。気をつけたがいいぞ、この梅雨《つゆ》が明ければすぐ、鉄五郎が手下と山犬を連れて、"げんじだに"へ仕返しに入ると言うぞ。いっ時、山の奥の方へでもかくれていろ。」

と、そっと耳打《みみう》ちしてくれた。

げんじいと呼ばれて、篭作り安気《あんき》なくらしも、また昔の剣の使い手に戻《もど》るのかと、大刀を納めた袋を眺《なが》めていた。

相手は、六十人のならず者に、八十頭の山犬、こちらはこのサブ一匹が味方だ。このサブの敵はその山犬で、木にかけ登っては逃げるのが、唯一《ゆいいつ》の技《て》である。

白いもやが立ちこめていた山小屋の外は、小雨《こさめ》に変わっていた。

伊十郎の左足が、また疼《うず》いてきた、それは、まだ雨が降り続くということだった。彼の左足は、歩くのに不自由はないが、何年経っても天候の変わり目や、雨の日には、ずきずき病《や》んで知らせた。

「まだ、十日は降る。」

彼は意を決したように立ち上がった。

「サブ、ついて来るか。」

木のほこらにうずくまっていた黒い頭が動くと、さっと小屋から走り去って行った。

伊十郎は、山歩きの装束《しょうぞく》に、雨合羽《あまがっぱ》をはおると、いつもの道具に杖《つえ》を持って出て行った。

「山犬どもは、あの谷のあそこで、あれを使うしかないな。」

独り言をいって歩いて行く彼の、頭上の樹には、枝から枝へと黒いものが飛んでいた。

言ったとおり、ついてきたサブである。

ムササビの習性《しゅうせい》で、どんなに飼《か》いならされても、犬のように歩いてついてくることはない。ただ、夜行性《やこうせい》のこの小動物が、なぜこうして昼間でも出歩くようになったか。

飼い主のげんじいも、それは全く知らない。

サブは、伊十郎の頭の上の方を魔物《まもの》のように、木をかけ登っては、飛んでついて来た。

伊十郎の頭の中にある犬神の森の一団との戦法は、はからずもこの頼りにならぬ小動物が役に立つことになる。

それは、あのならず者どもと山犬を、一挙《いっきょ》に片づけてしまおうという戦法だった。いや、これは、如何《いか》に剣の使い手とはいえ、伊十郎ただひとりに、サブが味方では、それしかあるまいという、千《せん》に一《ひと》つの賭《か》けでもあった。

それはまた、このげんじだにの山奥の奥を知り、この深い谷々の、雨に風に雪に、谷川の水の変わりようから崖《がけ》の崩《くず》れざままで悉《ことごと》くわが家の庭のように知り尽《つ》くした者でなければ、思いもよらぬ計略《けいりゃく》であった。

桔梗の父の生家があったという、不動の滝の辺りさえ、その道を知っている者はない。

村人の何人かは、げんじいのこの小屋まではどうにか辿《たど》りつくが、誰もここから先、この奥の方へ登ってみようとは言わない。

昼でも常にうす暗い山谷の道は、日が落ちたら先《ま》ず出られぬ。迷《まよ》えば迷うほど道らしい道はなくなり、山の奥は、杉から、もみ、つが、さらには、ぶなの木の林へと様相《ようそう》を変えて行く。

山小屋を出て、杉谷をぬけると、いくらか明るくなった。山道を辿《たど》った伊十郎は、やがて、不動の滝の前に来ると、轟々《ごうごう》と落下する滝に手を合わせ、脇《わき》に埋《う》めた金銅《こんどう》の盧舎那仏《るしゃなぶつ》の方に頭を下げていた。

「ここなら、御仏も犬どもに穢《けが》されまい。」

安心したように呟《つぶや》くと、彼は、口に手をあてて、ピューと口笛を吹いた。

「サブ、ついてこい。」

サブは伊十郎の山道を進む方向に、木から木へ、枝から枝へと飛んでついて来る。

谷は、次第に狭《せま》くなるが、杖《つえ》をつきながら上へ上へと登って行った。

「もう少しで、あそこに出るぞ。」

それは、ここへ来て杉皮葺《すぎかわぶ》きの山小屋が出来上がった年の春だった。

ある日、薪取りのついでに、この谷川を登りつめ、山を越《こ》した所に、忽然《こつぜん》と巨大《きょだい》な湖のような池を見つけて、立ち止まった場所である。

荒れはてた岩山がむき出し、辺《あた》りの木々は、春とはいえ、枯れ木のように見えたが、新緑《しんりょく》の前の芽吹《めぶ》きを待つ清鮮《せいせん》な光景は、暗い谷間の生活の彼には目を醒《さ》まさせるものだった。

「ここは、神の住まう池じゃ、この水があの、不動の滝のもとだったのかや。」と、その時、彼は、改《あらた》めて手を合わせ拝《おが》んだ。

その年の梅雨《つゆ》が明け、夏が来て盆《ぼん》の月に、ここへ来た時には、もう跡形《あとかた》もなかった。

あたりは、うそのように岩山の上には、夏雲が沸《わ》き立っていた。

「うむ、春の雪どけの水と、梅雨を貯《た》め、ここに池を作っていたのだ。そして、日照《ひで》りの夏は、木々に水を与《あた》え、すっかり干《ひ》あがってしまうのだ。」

伊十郎は、呆然《ぼうぜん》とそこにしばらく佇《たたず》んでいたことを覚《おぼ》えている。

春から梅雨期までの一時期に、年によってはここに巨大《きょだい》な池ができる、この現象《げんしょう》を初めて知り、その場所を心得ていたのは、この、げんじだにの奥に住むげんじいの伊十郎だけであった。

彼は、いま、その近くに立っている。

サブは、すぐそばのつがの木の上で見ていた。

激《はげ》しい雨になった。

伊十郎は、雨合羽をかぶると、この降りようでは、今年は、あと、十日も待たずとも、このまだ、所々に水たまりのような小さい池は、やがて、あの巨大な池になるぞと思った。

それから、辺りの地形を眺《なが》めていた。この池の下の方へ続く谷は、その出口のがけから下へ深く切り込んでいて、さらに下の谷へつながっていた。

「鉄砲《てつぽう》は、ここがいい。」

彼が、鉄砲と言ったのは、銃《じゆう》のことではない。鉄砲堰《てつぽうぜき》のことである。鉄砲水《てつぽうみず》の恐ろしさは、山谷に住む者なら誰でも知っている。

伊十郎は、今のこの小さい池は、やがて梅雨が明ける頃には、立っているこの岩の上まで、水量が増すだろうと思った。

そして、この出口のがけの崩《くず》れざまは、何年かに一度は、ここから鉄砲水となって谷をかけ下り、谷川は一挙《いっきょ》に奔流《ほんりゅう》となって、下の里村の方まで濁流《だくりゅう》となって流れたに違いない。

確《たし》かに、伊十郎が想像《そうぞう》したように、年によっては、下流《かりゅう》の里の村々が、このげんじだにの鉄砲水に、田植えを終えたばかりの田やきび畑までも押し流されたことがあった。

伊十郎とサブは、鉄砲堰の場所が決まると、雨の中を山小屋へ帰って行った。

そして、その翌日から、雨の日も伊十郎とサブは、この鉄砲堰を作る現場へ通った。

工事の現場では、倒木《とうぼく》を集め、枯れ木を藤のつるで結ぶ。堰《せき》の大枠《おおわく》が出来上がると、すき間に、小石や粘土《ねんど》、それに苔《こけ》などをつめて水もれを防ぐ仕事をした。

作業は、十日近くもかかったが、作り終えた頃には、堰の一番下の丸太は、水中に浸《ひた》り谷底には、水が溜《たま》まり始めていた。

「よし、このぶんでいけば、上の方から落ちてくる水で、五、六日で満水《まんすい》になるぞ。」

上の小さかった池は、刻々《こくこく》と水量を増していた。彼が初めて見つけた年のように、その水面が大きく広くなるかどうか、見当《けんとう》もつかなかったが、一日ごとに広がっていくのは分かった。

伊十郎は、それからこの池の、出口から下の

谷の鉄砲堰の方へ落ちる崖の所に、水の流れをふさいで座《すわ》っている大きな岩石を見た。

「これだ。」と言うと、その大石の下の、岩石を取り除き下を掘った。

さらに、この大石の下の水溜《みずたま》りに、頑丈《がんじょう》な長い丸太《まるた》の棒を差《さ》し込《こ》んで、梃棒《てこぼう》にした。棒の一方の端には、藤のつるをしっかりと結わえ、鈎縄をかけて下の谷に垂《た》らしておいた。

「これでよし。」

伊十郎の計略とは、この一個の大石を動かすことで、上の池から流れ出る水の、勢いを強め、この大石が流される事で、下流の谷川の岩石を水流と共に、次々と押し流させる。同時に、その下の満水になった鉄砲堰の留《と》め綱《づな》を切って、この谷底に巨大《きょだい》な濁流《だくりゅう》を起こさせる。そして、それは、下から攻《せ》め登《のぼ》って来る、ならず者の一団を一挙《いっきょ》に、この奔流《はんりゅう》に呑《の》み込ませてしまうというものだった。

伊十郎のこの戦略《せんりゃく》は、正しかったが、それには先《ま》ず、この梃棒を噛《か》ました大岩が、増水《ぞうすい》によって水中に沈むことだ。

水中で大石が浮力《ふりょく》により軽くならなくては、丸太のてこの棒で伊十郎ひとりが力んでみたところでびくともしない。

大石が水の浮力で軽くなったところを、鈎縄の上の端《はし》と梃棒の先端《せんたん》は結ばれているので、垂れ下がった鈎縄に重さをかけて引く。それには、伊十郎自身《じしん》の体重をかけてぶら下がればよい。ただし、その瞬間《しゅんかん》には、自身の体は振《ふ》り子《こ》のように、谷のむこう側へ渡《わた》らなければならない。丸太の梃棒の力で動いた大石と土石流《どせきりゅう》に呑みこまれないためには、この谷渡《たにわた》りの術《じゅつ》も必要だった。

もう一つ、その前に、いま谷の上空で宙ぶらりんになって垂れ下がっているあの鈎縄の端を喰わえて、伊十郎がそれにぶらさがろうと待っている岩場まで持ってくる仕事がある。谷底から見上げると、その垂れ下がった鈎縄の端の高さは、とうてい人間の力の及ぶ所ではない。伊十郎は、それをおよそ二十間《けん》と見た。サブが、あそこのモミの木から滑空《かっくう》してその端を喰わえ、彼の立つ場所まで飛んでくるのは、至難《しなん》の技《わざ》ではないと考えた。

それから、この〝げんじだに〟に降る雨は止むかと思われたが、数日、降り続いた。

「これが止めば、梅雨《つゆ》が明《あ》ける。多分、雷が鳴って土砂降《どしゃぶ》りとなるだろう。」

雷鳴《らいめい》を待っていたのは、伊十郎だけではない。犬神の森の、鉄五郎と手下どもも、毎日やり場に困っていた。

「田廻《たまわ》りをして気をつけなされ、このあんばいでは、今年は鉄砲水《てつぽうみず》が出るぞよ。」

下の里村の古老《ころう》は、そう言って川すじの家々に、ふれて歩いた。

やがて、〝げんじだに〟は、梅雨明け前の大雨となった。

しのつく豪雨《ごうう》の中を伊十郎は、鉄砲堰《てつぽうぜき》が満々《まんまん》と水を湛《たた》えているのを確かめると、その留め綱《つな》を二本残して、つなぎ綱の藤のつる縄をすべて切って歩いた。

後は、このサブと雨水の勢いが頼りである。

「南無《なむ》、不動明王《ふどうみようおう》。盧舎那仏《るしやなぶつ》。」

と、不動《ふどう》の滝《たき》の前を通ると、滝と、埋めた金銅仏に、再び両手を合わせて小屋へ戻った。

その夜、げんじだには、激《はげ》しい雷鳴にゆれた。ぶちまけたような豪雨が一晩中続くと、
翌朝《よくちよう》は、うそのようにからりと晴れていた。

高山の国分寺の、大いちょうの空も、青く、晴れ渡っていた。

「次郎丸よ、雨が上がったぞ、きょう出立《しゆつた》つするぞよ。」

東の安房峠《あぼうとうげ》の方を見て、そう言っているのは、桔梗である。

「三年が後には、きっと迎《むか》えに参りまする。」の言葉どおり、桔梗は、飛騨高山の国分寺

へ来ていた。

「げんじだにの奥は谷水がひどく出ていよう。母者どの、足元によう気をつけて参られよ。」

阿闍梨のことばに、深々《ふかぶか》と頭を下げた親子は不動の滝を目ざして出て行った。

桔梗は、国分寺へ来てみると、次郎丸が前にも増して生気《せいき》をとり戻したのを喜んだ。

「阿闍梨さま、それに薬師如来さまのおかげぞ。」と、念願《ねんがん》の三十三体の木仏を納めると、寺内に、二、三日逗留《とうりゆう》していた。

「次郎丸よ、これが飛騨の国と、高山との別れにもなろうぞ。わが父のふる里と不動の滝のみほとけに、お参り申して京へ帰らずや。」

と、旅支度《たびじたく》をととのえた桔梗は、次郎丸に新しいわらじを履《は》かせ、「阿闍梨さま、それでは。」と、何度もお礼を言うと、親子とも深々と頭を下げて国分寺の山門を後にしたのである。

高山の町から〝げんじだに〟の山奥へ向かって、旅姿の子連《こづ》れ女の道中《どうちゆう》が始まった。

桔梗の姿は、頭陀袋をかけ、布袋を背負い、錫杖《しやくじよう》をついて行く、その様は前と少しも変わりなかった。

次郎丸の手を引いて、安房の峠が見える頃には、日はすでに西に傾《かたむ》いていた。

子連れ女の山国の旅は、疲れても弱っても、途中に駄籠《だかご》も旅籠《はたご》もあるわけではない。頼りになるのは、己の足腰の強さと、気力だけになる。

それから、道中、二つばかり村を過ぎ、山に入りかけた所で、道端《みちばた》に腰を下ろしてしまった桔梗は、もはや、引き返すにはここらが思案《しあん》のしどころと、

「次郎丸よ、お前も疲《つか》れたか。あの、げんじだには、これより先、まだ何里《なんり》も歩いての奥、山谷深く、道はいよいよ険《けわ》しと聞くぞよ。

今は、その谷に続くというここで、遙《はる》かに伏《ふ》し拝《おが》み、お許《ゆる》し給《たも》うて帰ろうぞ。いつか、お前がひとり立ちの日が来たならば、な、これよりこの道を登るのがよいぞ。

またの日にお参り申すことにしましょうぞ。」

桔梗は、すでにこの先、女の足では疲れはて、わが子と共に道中行《ゆ》き倒《だお》れを案じていた。

「母者《ははじゃ》よ、お許し下され、この次郎丸のひ弱《よわ》ゆえ、かくもまた難儀《なんぎ》をかけたるか。」

と次郎丸は心中《しんちゅう》思っていたであろうが、まだ分別《ふんべつ》のつく年齢《ねんれい》ではなかった。

母親に言われるまま、道端《みちばた》にひざまずくと、二人は、不動の滝の山の方角に手を合わせ伏《ふ》し拝《おが》んでいた。

この時、げんじだにの奥は、谷水の激しい音が、轟音《ごうおん》になって山々にこだましていたが、桔梗親子には少しも分からなかった。

また、伊十郎も、桔梗の消息《しょうそく》も、鉄五郎の逆恨《さかうら》みが迫《せま》っていることも、互《たが》いに知る由《よし》もなかったのである。

「さて、勝負せねばなるまい。」

と、伊十郎は、この谷川の下流の村で桔梗親子が祈っていたとはつゆ知らず、大刀のさやを払《はら》うと、その谷川にむかって一振《ひとふ》りした。

そして、新しいわらじに代え、襷《たすき》をかけた。鉢巻《はちま》きを締《し》めて大刀を腰につけ、小屋の前に立った彼の姿は、もはや、篭作りのげんじいではなかった。

それは、抜き胴差しの使い手、大野伊十郎が、杖《つえ》の代わりに大刀をさげて、山道を行く阪東《ばんどう》の武者《むしゃ》だった。

山を歩きながら、伊十郎は、鉄五郎のやり口を読んだ。

「八十頭の山犬で、まずこの山小屋の、己を追い出して、谷川へおびき出すだろう。手下どもが、取り囲んだ所で、斬れぬと分かると、弓矢で仕止《しと》めるか。」

「奴《やつ》は、この山狩《やまが》りの技《て》で攻《せ》めてくるに違いない。」

「が、不動の滝は、山犬の血で穢《けが》してはなるまい。」

伊十郎は、自問自答しながら、山犬と手下どもを分断《ぶんだん》する作戦に出た。

「山犬は、己の足跡《あしあと》を嗅《か》ぎつけて、ここまで来る。」

伊十郎は、谷に向かってひときわ突き出している天狗岩《てんぐいわ》と呼んでいる断崖《だんがい》に立っていた。

「この岩場では、犬どもが這《は》い上がってきたとしても、五頭がやっとだ。」

彼は、岩の上で足場を馴《な》らし、大刀を振って、身のこなしを計《はか》った。

「ここへ来た奴は、斬って谷底へ蹴落《けお》とす。」

伊十郎の肚《はら》は決まった。後は相手の出方次第《でかたしだい》になる。

林の上からの日ざしが、この谷の下をいくらか明るくしている。

「サブ、いるか、始まるぞ。」

サブは、つがの大木に登って、彼のようすを見ていた。

やがて、下の谷川の方が、ざわめいて犬の吠《ほ》える声がしてきた。山小屋の方から人の声もしてきた。

「追い出せ。」

「小屋から逃げたぞ、犬に追わせろ。」

手下の声がしたのと、山犬が岩にかけ登って来るのに時間を要しなかった。

「うう。」

岩の上に最初に現れた黒い奴は、一刀《いっとう》のもとにのどもとを切り裂《さ》かれた。続いて登ってきた白い犬は、腹をえぐられると真逆《まっさか》さまに谷に落ちて行った。すきをついて飛びかかってきた三頭も、あっと言う間に斬《き》られて、断崖の下に蹴《け》落《お》とされた。

伊十郎の、抜《ぬ》き胴差《どうさ》しの太刀は、畜生どもには容赦《ようしゃ》なかった。腹を見せた犬は、太刀のえじきとなって、切り捨てられてしまった。

たちまちに二十数頭の山犬を片はしから血祭《ちまつ》りにあげた彼の腕《うで》は、阪東村の相手を震《ふる》え上がらせた時と、寸分《すんぶん》の狂《くる》いもなく動いた。

山犬どもがひるんだのを見ると、伊十郎は、頃《ころ》はよしとばかり、岩を蹴って群《むら》がる犬どもの頭を飛びこえると、そこから谷底めがけてかけ下りた。

「岩から逃《に》げたぞ。」

「追《お》え、谷の方だ。」

残りの山犬と、下にいた手下の者どもは、岩場《いわば》から、ばらばらと伊十郎の後を追って谷川へ出た。

伊十郎は、今度は、谷川を岩の上にかけ登るように、上へ上へと走って行った。

犬に続いたならず者の一団は、それをまた追い上げた。谷はいっそう狭《せま》くなり、険《けわ》しさを増していった。

「ここだ。」

と、谷川が細くなり谷の行きづまりの斜面《しゃめん》にかけ登った伊十郎は、そこで「ピュー。」と一《ひと》声《こえ》、口笛を吹いた。

すると、黒い影が魔物《まもの》のように、大木の枝から、谷をかすめて空中に飛んだ。

黒いものは、谷の上の中空《ちゅうくう》に垂《た》れ下がっている縄《なわ》を喰わえると、斜面《しゃめん》の岩場に立っている伊十郎の頭上をさっとかすめた。

この時飛び上がった彼の体は、宙《ちゅう》を一回転して縄をつかむと、もとの岩場に立っていた。

サブは見事に伊十郎のねらった役をこなしたのだ。

「サブ、行くぞ。」

垂れ下がった縄の端に、しっかりぶらさがった伊十郎は、思いきり岩を蹴った。

その時、鈎縄《かぎなわ》の一端《いったん》に結わえつけられていた丸太の梃棒は、流れの水の中で確実《かくじつ》に、あの大石をぐいっと、大きく持ち上げて、浮かしたのだが、伊十郎を追っていた手下どもは、縄の端にぶら下がって、谷の林の下の空中を野猿《やえん》が、ぶらんこでもするように飛んでゆく、男の姿をただ、

「や、や。」と見上げるばかりだった。

縄の端から飛び下りた伊十郎は、鉄砲堰《てっぽうぜき》のある岩場に走った。

「南無《なむ》、滝《たき》の不動明王《ふどうみょうおう》。盧舎那仏《るしゃなぶつ》。」

と祈りを唱《とな》えると、大刀を抜《ぬ》いて、いま、満々と谷川の水を貯め、堰《せき》を支えている枠《わく》の、留《と》め縄《なわ》になっている藤のつるを、一刀のもとに断《た》ち切った。

「どどっ。」という、恐ろしい轟音《ごうおん》とも、うなりともつかぬ音が、谷底を濁流《だくりゅう》となって走っていった。

積みあげて鉄砲堰の枠ぐみになっていた丸太や、岩石は歯をむき出したように、奔流《ほんりゅう》となって、下の方にいた手下の者どもと、山犬の群《む》れに襲《おそ》いかかった。

谷底の斜面の小高い岩の上に立って、ようすを見ていた鉄五郎が、この光景に驚いて、弓の者に、

「あの男だ、一度に放《はな》て。」

と叫んだが、矢がとどくより早く、伊十郎は、身を翻《ひるがえ》していた。

そして、谷の岩場を上へ上へと這《は》い上がって行った時、「轟《ごお》っ。」という、この山谷をゆるがすような山鳴《やまな》りを聞いた。

「来た。」

起こるかも知れないと思われた事態《じたい》が、ついにやってきた。

山の上に出来た巨大《きょだい》な池は、鉄砲堰の上部の崖《がけ》のそばから、決潰《けっかい》を始めたのだ。

最初の谷の崩壊《ほうかい》は、そこから始まったのだが、巨大な水量の土石流《どせきりゅう》は、それだけで収《おさ》まらなかった。

それから起きた〝げんじだに〟の光景《こうけい》は、後日、もしも、下の里村《さとむら》の誰かが、この谷を訪《たず》ねたとしたら、その全く原型《げんけい》をとどめぬ谷底の惨状《さんじょう》に、声をのむばかりだったろう。

鉄五郎が命じて、矢を放《はな》ったという岩も、人も、犬もみな悉《ことごと》く、濁流に呑まれ土砂の下《した》

敷《じき》に埋《う》まってしまったのであろう。

それから、何日経《た》っても、この谷から帰って来た者はないという。その話をしていた村人も、田畑は、すっかり谷水のあばれ川の下になって、その年は、村中総出《そうで》の大仕事になってしまったのであるが――。

しかし、ただひとりだけ山を下りてきた男がいた。

「ほう、篭屋のげんじいが、通るぞよ。生きておったかや。」

と、或《あ》る日のこと、村人は仕事の手を休めてそう言った。

それは、盆《ぼん》の月も過ぎ、もう秋になっていた頃である。

伊十郎は、久々《ひさびさ》に山を下りて高山の町へ出た。篭屋へいつものように立ち寄ると、国分寺へ行ってみた。

境内《けいだい》の大いちょうは、前にもまして亭々《ていてい》たる大樹《たいじゅ》の枝を、蒼空にそびえ立たせていた。年々変わらぬこの黄金の佇まいに、しばらく放心《ほうしん》したように彼は大樹と塔を見上げていた。

するとと、

「あの時の、旅のお方さまか、もし。」

と、女の声がした。

伊十郎は、はっと振りむくと、童《わらべ》の手を引いた旅人風《たびびとふう》の女が立っていた。

「おう、あの時の、桔梗《ききょう》どのか。や、それにそこは、お子の次郎丸かや。」

と、伊十郎は、その童《わらべ》の頭をなでた。

「はい、さようにござります。その節《せつ》は、まことに有難《ありがと》う存じました。」

「あいや、お預《あず》かりした御仏さまは、確かに拙者が、不動の滝にお祀《まつ》り申しておきましたぞ。」

「重《かさ》ねがさねに有難う存じまする。ここまで来られたのも、思えば、お方さまのお情《なさ》けのおかげと思いまする。この子は一度は、すっかりよくなり申しましたが、げんじだにへ行ってお礼参りしようと旅立ちました。」

「さようか。」

「はい、途中《とちゅう》、峠は見えましたものの、旅の疲れか、夏の暑気《しょき》あたりか、また、高山へ戻《もど》り、それから、しばらく養生《ようじょう》の身となり、再々《さいさい》私も阿闍梨さまのお世話になっておりました。」

「うむ、で、もう、この子は病《やまい》はどうじゃ、よくなったのかや。」

「はい、おかげさまで、今はすっかり治《なお》りましたようで、もう歩けますので、きょうは、季節もいい日がらと、京へ帰る旅立ちにございます。」

「それは、よいことじゃのう。桔梗どのよ。もはや布施《ふせ》をする干し柿もないが、ほれ、代わりにな、これを持って行きやれ。」

と、伊十郎は、頭陀袋《ずだぶくろ》の中から、襤褸布《ぼろぬの》を取り出した。その襤褸の袋の中には、サブの食糧の煎《い》り豆《まめ》と、篭屋の主人が帰りの道にでも食べなされと包んでくれた、とち餅《もち》が三つばかり入っていた。

「度々のお心づかい、有難う存じまする。桔梗は、親も子も仕合《しあ》わせに思いまする。このご縁も薬師如来さまのお慈悲にございましょう。」

と言うと、伊十郎に深々《ふかぶか》と頭を下げ、寺の本堂にむかって手を合わせていた。

山国の秋風が、また、大いちょうの葉をはらはらと、降りかかけて通り過ぎた。

桔梗は、それからこの照り輝くばかりに蒼空に映えている黄金の大樹にも合掌《がっしょう》していた。

それは、あたかも、七重の塔《とう》の朱《しゅ》の色と、天にそびえる黄金の色の、ふたつの大燈明《だいとうみょう》が、襤褸をまとって童の手を引く女を赫々《あかあか》と、照らしているように見えた。

「達者《たっしゃ》でな。」

「有難うございます、お方さまも。」

布袋を背負《せお》い、錫杖をつく桔梗の姿は、乞食女にも似ていたが、母子の顔は、晴ればれとしていた。

伊十郎は、二人の姿が山門を出て土塀《どべい》を過ぎ、町の通りに小さくなるまで見送っていた。

鐘楼堂の傍《かたわ》らに、佇《たたず》むその肩や頭陀袋には、いちょうの葉が、風に舞いながら、ひとひらふたひらと積もってきた。

勤行《ごんぎょう》の鐘《かね》が鳴っている。

そびえ立つ、大いちょうの蒼空には、三年前と同じように、白い浮き雲が飄々《ひょうひょう》と流れていた。

おわり

丸い提灯

杉の谷の道は、昼でもうす暗かった。

源次郎《げんじろう》は、傍《かたわ》らの石に腰を下ろした。杉の葉が積もっていたが、痛《いた》む足を伸《の》ばすには、都合《つごう》がいい。

ここは、三河《みかわ》の山中である。

「追手《おって》も、ここまでは来まい、いや、敵軍水野《てきぐんみずの》、佐久間《さくま》の配下《はいか》の者は、勝に乗《じょう》じて、一挙《いっきょ》に、ここから信州《しんしゅう》を攻《せ》めるかも知れぬ。」

「雑兵《ぞうひょう》と戦うか、夜道で百姓《ひゃくしょう》に襲《おそ》われるか。」

時は天正《てんしょう》三年五月。

武田《たけだ》一万五千の大軍は、長篠城《ながしのじょう》、設楽原《したらがはら》で織田《おだ》、徳川《とくがわ》連合軍と衝突《しょうとつ》。新緑《しんりょく》の山里《やまざと》は、忽《たちま》ちにして一大決戦場となった。

村田源次郎《むらたげんじろう》は、武田軍の武将《ぶしょう》、山県昌景《やまがた》の配下で勝頼《かつより》の軍、精鋭騎馬隊《せいえいきばたい》の一員《いちいん》である。

と言っても、まだ二十の若侍《わかざむらい》だった。

「戦いもまた運か。」

わずか一日で、はやその日暮《ひぐ》れには、甲斐武田《かいたけだ》の騎馬武者《きばむしゃ》、村田源次郎の姿は、あまりにも変わり果てていた。

連子川《れんごがわ》をへだてた徳川軍の鉄砲隊に正面を攻めたてられた源次郎の隊は、敵の大須賀、榊原隊の銃火《じゅうか》に、ことごとく仲間が倒《たお》されてゆく、その最前列をそれでも突進《とっしん》した。

が、敵の三千挺《ちょう》の近代兵器の前には、馬も槍《やり》も、錬磨《れんま》の武術さえ役立たず無力《むりょく》をさらけ出した。

「戦運《せんうん》は、われに利《り》あらず。」

源次郎は、左足に銃弾《じゅうだん》を受けて落馬《らくば》した時、それを思った。

敗北《はいぼく》する軍勢《ぐんぜい》ほど哀《あわ》れなものはない。

あの出陣《しゅつじん》の門出《かどで》。進軍の鼓笛《こてき》。軍馬の響《ひびき》。風にはためく幟《のぼり》や軍旗《ぐんき》の勇ましさ。

これらは、すべて昨日の夢である。

武将の兜《かぶと》には、もはや栄光《えいこう》はなく、簒《さん》を乱《みだ》して敗走《はいそう》する雑兵。手傷《てきず》を負う者や逃亡《とうぼう》する人馬《じんば》のさまよえる行列。

この戦場の山里に、もし冷たい五月雨《さみだれ》でも降りかかり、さらには、食糧《しょくりょう》さえ捨てて追われる身の、険《けわ》しい山坂越《ご》えとなれば、他人のことを考える者は少なくなる。

逃げるのだ、生きのびて国へ帰り主家《しゆけ》の再興《さいこう》を、と思う者はほんの僅《わず》かになってしまう。源次郎は、滝沢川ぞいの山道を何とか馬にまたがって逃げた。が、ついに足の痛みに負けた。馬を放《はな》つとこの山道を辿《たど》って、ここまで来たのである。この深い杉谷の山道は、時折《ときお》り、杉枝がゆれるだけで、物音ひとつしていない。

源次郎は、石の上にすわり直すと、やっと己の姿を見た。

そして、意を決したように、鎧胴《よろいどう》や具足《ぐそく》を捨てて、凹地《くぼち》に埋めるとその上に、杉葉を集めて乗せ、覆《おお》い隠《かく》した。

「おれは、もうこれで甲斐《かい》の武田軍騎馬武者村田源次郎ではない。」

彼は、自分にそう言い聞かせると、足の痛む所を布《ぬの》を裂《さ》いてしばった。さいわいに痛みはするが歩くことは出来る。鉄砲玉《てつぽうだま》は、流れ玉か、かすめるように当ったに違いない。

「南無《なむ》。観世音菩薩《かんぜおんぼさつ》。薬師如来《やくしにょらい》さま。」と、お経を唱《とな》えると、故郷の村の方角に手を合わせていた。

幼い頃の源次郎をつれて、母が村の観音堂《かんのんどう》で、何かあると祈っていたのと同じように、源次郎も、この山中で祈っていた。

母は、お堂には、如来《にょらい》さまがお在《わ》す、お参りしてお頼みするほかはないと、病《やまい》やけがが重いと分かると、必ず行って祈っていた。

「ああ、あの観音さまの脇《わき》の山田も、もう田植えの始まる頃か。」

彼の故郷には、山田が重なり合い、山国《やまぐに》の田植えは早く始めねばならなかった。

「おめえ、武者になりたいか。武田の騎馬武者《きばむしゃ》は格好《かっこう》いいが、武者で出世《しゅっせ》するより、この山田さ、ねんごろに作りなせえ、侍《さむらい》どもの、陣屋味噌《じんやみそ》かついで苦労《くろう》するより、泥《どろ》くせえが百姓仕事した方が、おめえも、ひとりでお前育《そだ》てたお袋《ふくろ》さんも、よっぽど安気《あんき》な暮らしが出来ると言うもんじゃよ。」

隣家《りんか》の与作《よさく》じいさんが、十七になったばかりの源次郎に、山田でそう言った。

どこかで、母親から彼が、武者になりたいと言うのを聞いていたに違いない。

それから、家を出て村に一度も帰ったことのない彼には、その母も妹も家の消息《しょうそく》は、ぷっつり切れていた。

風が出てきた。杉の木立《こだち》がゆれて、空が夕映《ゆうば》えになっている。

「急がねばならぬ。明るいうちにうちに峠をこえ、飯田街道《いいだかいどう》へぬけるのだ。」

源次郎は、この杉谷の近道を行けば、追手《おって》の目も届くまいと思った。表の街道を行くより目立つこともないし、敗走《はいそう》する軍勢の手負《てお》い侍《ざむらい》になることもあるまい、独《ひと》り旅の方が、よほど気が楽だ。なんとかなると思う。

「もはや、三河《みかわ》の侍も、ここまでつけねらう者もなかろう。」

意を決した源次郎は、山道を登る。

武士らしい装束《しょうぞく》を捨てると、急に身軽《みがる》になったが、大小《だいしょう》だけは身につけた。

それも、山道にはじゃまな太刀《たち》は、背中にくくりつけた。ひよどりが通り過ぎるだけで、この山道に人影はない。

馬で逃げてきた時、里の道で振り返ると、医王寺《いおうじ》のあたりか火の手が上がっていた。

しかし、もう鉄砲の音は、すでに止んでいた。

この山は、作手村《つくてむら》の奥か、いや、もっと山の奥へ入ったのだろう。万を超《こ》す軍団の戦いが、きょうあったというのに、ここでは昔と何ひとつ変わらぬ、物音もない佇《たたず》まいだ。

彼は、道が折れて谷水のしたたる所へ出ると、それを手で受けて呑んだ。

「うまい水だ。」

源次郎は、やっと人心地《ひとごこち》を取りもどした。

「隊の仲間は、三輪川すじを北へ逃げたか、鳳来寺《ほうらいじ》の行者越《ぎょうじゃご》えに向かった者は、今ごろ難儀《なんぎ》をしていよう。達之助は、伊左衛門は。もし鉄砲玉にやられていなければ、伊那《いな》街道から飯田《いいだ》へ向かったかも知れぬ。」

日が暮れて、杉林の山道は、いよいよ暗くなった。もはや、見当《けんとう》で歩くしかない。西の山の端がすっかり暮れてしまうと、狐か狸しか、ここは通るまいと思う。

「長篠《ながしの》で三河の鉄砲隊にやられた命と思えば、生きて歩くは、果報者《かほうもの》か。」

源次郎は、一度捨てた命だと肚《はら》を決めると、暗闇の夜道も度胸《どきょう》がすわった。

「照見五温皆空《しょうけんごうんかいくう》。度一切苦厄《どいっさいくやく》。」と、お経をまた唱えながら山道を登った。

それから、足の痛みも忘れて、小半時《こはんとき》も歩いたか。

いつの間にか木立《こだち》の間には、半月《はんげつ》がかかっていた。山道は、少し明るくなったが、杉谷の下の方は、真《しん》の闇《やみ》に近い。

「有難《ありがた》い。半月でも星明《ほしあ》かりよりましだ。」

月あかりを頼りに行くうす暗い道は、次第に細くなり沢から山腹《さんぷく》を縫《ぬ》うように続いていた。

暗闇《くらやみ》に、己《おのれ》の足音だけが杉谷にひびく。林の上の方で風が吹くのか、はらはらと杉葉《すぎば》の落ちる気配《けはい》がする。枯れ枝が、ぱらりと落ちて来た時には、ぎょっとして足を止めた。

足に当たって谷間に落ちてゆく石の、ごろごろという音だけが、何か、生きものの声のように聞こえる。

こんな山奥にも、ふくろうは巣《す》くっているのか、仲間を呼ぶのか、「ホッホ。ホホウ。」と、下の山道をゆく源次郎を見ているように鳴く。

夜霧《よぎり》が出てきたのだろう、上衣《うわぎ》がしめっている。彼は、次第に疲《つか》れてきた。足もまた少し痛み出した。

「夜ぴて歩けば、朝には峠を越《こ》え街道へ出る。」

登り始めの、勢いづいた源次郎の信念《しんねん》は、だんだんぼやけてきた。

「やむを得ぬ、ここらで時を待つか。」

道の曲がった所に岩が庇《ひさし》のように出ていた。下は断崖《だんがい》である。

さいわいに、岩の下は、杉葉が敷《し》きつめたように積もっていた。

彼は、背中の太刀《たち》をはずすと、ごろりと横になった。忽《たちま》ち昼の疲《つか》れか、眠気《ねむけ》が全身を包んだ。

「ここで眠ってはなるまい。」

彼は、ここで眠りこけて、この断崖から谷底への転落《てんらく》を怖《おそ》れた。起きあがると、太刀を片手に再び歩き始めた。

すると、その時、

「もし、お方さま。」と、どこかで声がした。この山奥に、しかもこの夜道、人のいる筈《はず》はない。

源次郎は、岩角に身を寄せると、太刀に手をかけて身構《みがま》えた。

「追手《おって》か、追手ならば女人《にょにん》の声とはおかしい、この山中の狐狸妖怪《こりようかい》の類《たぐい》か。」

「斬《き》る。」

彼は、再び侍に戻《もど》っていた。

「そこな旅のお方。」

やはり、女の声である。

やがて、辺《あた》りがぼんやりと明るくなって、杉の木立《こだち》の影が、ゆらいで見えた。

明かりは、次第に近づいてくる。それは、明るくなったり、暗くなったりしていたが、彼のいるこの岩かげを見定めて来るようだ。

「この、おれを化《ば》かして誑《たぶら》かす妖怪の火の明かりじゃ。」

「いや、これはおれが、いくさに疲れ果てての幻覚《げんかく》、幻《まぼろし》の火かも知れぬ。」

彼は、妄想《もうそう》を断ち切るように、心経《しんぎょう》を唱えると、闇の空を切り払った。

「えい、えい。南無《なむ》、観世音菩薩《かんぜおんぼさつ》。色即是空空即是色《しきそくぜくうくうそくぜしき》。」

闇に近づいてきたものは、意外《いがい》にも丸い提灯《ちょうちん》だった。

「きつね火《び》に違いない。」

彼は、太刀を下げたまま、身構えていた。

「もし、怪《あや》しの者にございませぬ、刀は、その太刀はお納《おさ》め下さいまし。」

それは、透《す》きとおるような女の声だった。

「うちの、この提灯の後を追《つ》いておいでやす、馴《な》れぬこの暗い夜道、お足元《あしもと》によう気つけて、ご要慎《ようじん》下さいまし。」

源次郎は、この三河も山奥の、この山中で京女《きようおんな》の言葉を聞こうとは思いもよらなかった。

「そこもとは、この夜更《よふ》けに女《おなご》の身で、どこから来たのかや、これからどこへ行くのだ。」

半信半疑《はんしんはんぎ》ながらも、太刀を納《おさ》めると、そう言おうとしたのだが、女が提灯を先に、すたすたと山道をゆくので、声はついに出ず、己《おのれ》の足だけが、その丸い提灯に従《したが》って歩き出していた。

提灯の火《ほ》かげは、ゆれるたびに女の影が、大きくなったり、小さくなったりした。それに、杉の木立の黒い影も、下の谷の方に伸《の》びて、化《ば》け物《もの》の尾のようにゆらいでいた。

「そのおからだでは、この山坂はきつうございましょう、もう少しのしんぼうやす。」

彼が敗残《はいざん》の者であるのかを知っているのか、それとも、その歩きようでわかったか、女は、そう言って暗がりの山道を行く。

源次郎は、この得体《えたい》の知れぬ者に、もはや敵意《てきい》を失っていた。

「女子《おなご》と戦ったとて知れたこと、よし、これが妖怪か、狐どもであろうとも、誑《たぶら》かされて喰《く》い殺されるまで。」と、そう思うと、

「ままよ、その時は、その時だ。」

持ち前の肚《はら》がすわると、やっと声が出た。

「すまぬ、かたじけのうござる。見《み》も知らぬ旅の者をご親切に。」

と言って、前を行く女の影に頭を下げ、

「いや、始めは、女狐《めぎつね》が京美人《きようびじん》に化けて現《あらわ》れたか、それとも、この山の妖怪の明かりかと思いましたぞ。」

「ほほ、まあ京の美人やなどど、昨夜も日暮《ひぐ》れて、この山坂に困り果てていた旅の商人《あきんど》の方も、もしや女狐やないかと、そない言うとりますの、なんぼ山奥とて、さようなものは、出えしまへんと申しますのになあ。」

女の顔は、見えないが、長い髪を垂《た》らした着物姿が影法師《かげぼうし》になって、ひたひたと山道を苦もなくあるいてゆく。

「昼なお暗いこの山中《さんちゆう》、人が住むとは思われぬ、妖怪が出ても不思議《ふしぎ》はない。それに、あの、歩きようはとても人の女には見えぬ。」

と思いながらも、源次郎は、しばらく後に追いて歩いた。

「山道でお困りの旅のお方をお連《つ》れ申しました僧正《そうじょう》さま。」

山坂を二つばかり越《こ》えた所に、木立《こだ》ちの中に隠《かく》れるように荒《あ》れ寺《でら》があった。寺と言っても、崩《くず》れかかった山門《さんもん》と、なかば朽《く》ちかけたようなお堂、それに、鐘《かね》もかかっていない鐘突き堂だけが、月明かりにぼんやりと浮かんでいた。

源次郎は、再びしっかりと刀を握《にぎ》っていた。

「や、ここは、女に化けた妖怪どもの本拠《ほんきょ》かも知れぬ、さればこの、武田の武者《むしゃ》の腕前《うでまえ》を見せてくれよう。」と思った。また、

「いや、これは、この夜更《よふ》けに、山道に迷《まよ》う者をお救《すく》い下さる、これぞ、わが母者《ははじゃ》の信仰《しんこう》する観世音菩薩堂《かんぜおんぼさつどう》であろう。如来《にょらい》さまが、お姿をかえ、ここにお導《みちび》きになったに違いない。わが母者の祈りが通じ、われを助け給《たま》うのか

も知れぬ。」

彼の、この二つの迷《まよ》いは消えなかったが、なぜか、

「これは、この夜更《よふ》けの山中に道案内《みちあんない》下されかたじけのうござる。いや、ただの旅人にござる、お気にとめて下さるも有難きしあわせ、お構《かま》い下さるまいに。」

と、いって僧とお堂に手を合わせていた。

その時、彼は、また心中《しんちゆう》ひそかに、

「受想行識《じゆうそうぎようしき》。亦復如是《やくぶによぜ》。舎利子是《しやりしぜ》。諸法空想《しよほうくうそう》。」

と経文《きようもん》を唱えて邪気《じやき》を払《はら》いのけようとした。

「旅のお方、ご心配下さるまいぞ、さぞ、日暮れての山道は、難儀《なんぎ》をなさったことでござろう。何も出来ぬが今夜は、ここで休んで疲れをとり、明朝《みようちよう》、峠越《とうげご》えで行かれるがよい。見らるる通りの荒れ寺じゃが、この娘の峠のお京茶屋《きようちやや》までは、まだ、小一里《こいちり》はある、その手傷《てきず》を負《お》うた足では、とてもかなうまい。」

「えっ、あの提灯の女子は、この夜道をまだ山坂一里《いちり》も登って帰られるのか。」

「さよう、あの子も、このわしも、この山も谷も、木も、杉谷に住む魔物《まもの》さえ、わしらが

庭の一族《いちぞく》のようなもの、住めばここも、都《みやこ》も同じじゃ、夜道《よみち》も昼道《ひるみち》もないわい。」

「これは、恐れ入り申しました。」

と、源次郎が、あの女子は、と振り返って見ると、もう京女の姿は闇に消えていた。

ただ、かすかに小さい提灯の火が、狐火《きつねび》のように、木立《こだ》ちの向こうにゆらゆらと消えて行った。

「旅のお方、このお堂は、わしが独《ひと》り住《ず》まい。あの、破れ鐘つき堂ならば、お泊《と》め申《もう》そう、鐘は盗まれてないが、板囲《いたがこ》いの下には、荒筵《あらむしろ》と麦わらがあるによって、夜具《やぐ》とされるがよい。」

「ご親切《しんせつ》、かたじけのうござる。」

源次郎が、礼を言って出ようとすると、

「あいや、待《ま》たれよ。腹をすかしておられよう、粟《あわ》がゆがある、そこな炉《ろ》ばたで喰うてゆかれるがよい。」と、僧はやがて一膳《いちぜん》の粥《かゆ》を運んできた。

見ると、荒れ寺にしては珍《めずら》しい、朱塗《しゅぬ》りの膳椀《ぜんわん》に、粟粥《あわがゆ》が湯気を立てていた。

「これこそ、おれを誑《たぶら》かす小道具《こどうぐ》に違いない。眠り薬でも入れて、喰うて眠くなったところを足の方から、しゃぶるに違いない。」

「いや、そうではない。この僧こそ、ここは、かつて今は昔の三河の大寺《だいじ》、七堂伽藍《しちどうがらん》には、百人をこす学僧《がくどう》がいて、その仏徳《ぶっとく》の高僧《こうそう》ではないか。してみると、ここにいるこの僧は、もしや、その僧に姿を変えた菩薩《ぼさつ》やも知れぬ。」

源次郎は、また、心に二つの迷《まよ》いを生じた。

「ままよ、毒《どく》を喰《く》らわば皿《さら》までと言うではないか。」

彼は、居ずまいを正すと、静かに合掌《がっしょう》していた。そして、両手に一椀《いちわん》の粟粥を受けると、

「有難うござる、縁《えん》もゆかりもなき、旅の者に。これで生きた心地がかえりましてございます。」

と、再び合掌《がっしょう》して僧に礼を言うと、暖かい粥に腹をこしらえた。

その夜。

源次郎は、僧が言うとおり、鐘突き堂の下の、麦わらの中にもぐって寝たが、なかなか寝つかれない。足の痛みは、さほどではないが麦わらの下がまことに居心地《いごこち》がわるい。

粟がゆで眠らせて、旅人を喰らうにしては、もうそろそろ眠くならなくてはならない。

「やはり、これは、おれの邪推《じやすい》じゃった。それにしても、おれのからだが、麦わらの下の方に沈《しず》み込んでいくような気がする。なに、気のせいかも知れん。」

源次郎は、刀を抱《かか》えて眠ろうとつとめた。うとうととまどろむと、はっとして身を起こした。夜はまだあけていない。

彼は、麦わらの下に何やら生ぬるいものを感じたのである。

「この下に何かいる、鬼《おに》か、狐狸《こり》か、いや、あの僧と京女に化けた妖怪が、二匹ひそんでいるに違いない。」

彼の疑念《ぎねん》がまた頭をもたげた。囲《かこ》いの板に身を寄せると、刀に手をかけて、じっと暗がりに耳をすました。

かすかに月の光が、その板囲いのすき間から、さしこんでいた。目を凝《こ》らすと、いま寝ていた麦わらが、少しばかり動いているのがわかる。

やがて、ずっずっ、と、這《は》うような音が、板を伝《つた》わってきた。

「来るぞ。妖怪め。」

源次郎の抜いた刀は、板のすき間に、さし込む月光《げっこう》に、かすかに光を放《はな》っていた。

板と荒筵の間から、わずかに裂《さ》けた口が出たなと見るや、真赤《まっか》な二つに割《わ》れた舌《した》が、板と荒筵を舐《な》めるように闇にうごめいた。

「だっ。」

源次郎の一刀《いっとう》は、電光《でんこう》のごとく、そいつを突《つ》き刺《さ》したかに見えた。

が、太刀は、脇《わき》の荒筵と麦わらの束《たば》を斬り落としていた。

すると、何ら、動く気配《けはい》がして、

「よせ、よせ、逃《に》がしてやれ。」

と、下の方から低い声だが、闇の中でたしかに、そういう声がした。

「こやつめが、おれを狙《ねら》っている奴か。この妖怪め。」

刀をひるがえすと、声がする方へ、

「出てうせろ。」と、叫んだ。

彼は、斬りそこねた赤い舌の化《ば》け物《もの》と、声のする妖怪の両方へ、小刀を抜くと二刀を構えた。二刀での戦いには、ここはせまい。

「表へ引き出して、たた斬《き》ってやるか。」

と、思った時、また、

「出るに出られぬのだ。」と、声がした。

彼が、声にはかまわず囲い板を蹴破《けやぶ》った時だ、みると、赤い舌の化け物は、頭、首とつながって、だんだん暗闇の中で伸びてゆく気配《けはい》がする。

「やや。」

「よせ、斬るな、そやつを逃がしてやれ。」

と、また、麦わらの下の方で声がした。

妖怪にしては、元気のない、しわがれたような人間の声に、今度は聞こえた。

「うぬ、妖怪め、どこだ。」

「妖怪ではござらぬ、わらの下じゃ、筵を取って下され、出るに出られぬのだ。」

源次郎は、これは、たしかに人間の声だ、それもひどく弱っている人の声だ、おれと同じように、ここであの、二匹の妖怪に喰われる寸前《すんぜん》の者か。いやいや、これもその、誑《たぶら》かしかも知れぬ、なにこうなれば、その正体《しょうたい》を見てくれようぞと思った。

暗闇に目を凝《こ》らすと、先ほどの頭と首だけの化け物は、まだ伸び続けて、わらの上から板から柱へとつたっているが、こちらを窺《うかが》う気配はない。音が麦わらから上の方へ、ずるずると続いている。

この暗闇の中では、声の主《ぬし》も、首の長い奴も、その気配だけで察知《さっち》するより技《て》はない。

源次郎は、破れ板からさし込む明かりを頼りに下の麦《むぎ》わらの束《たば》を手さぐりではねのけた。

わらは、何束《なんぞく》もが下に積み重なっていて、声の主が言う、その下の筵など一向《いっこう》にわからない。

「この暗闇じゃ、どこが筵の下ぞ。」

彼は、手当《てあ》たり次第《しだい》、麦わらの束を放《ほう》り上げた。

「ここじゃ、もっと右手の方じゃ。」

しわがれた声のする方へと、わら束《たば》を取りのぞくと、

「バシッ。」と、音がして彼のからだは、闇の下に落下した。

「計《はか》られたか。」

源次郎は、とっさに右手で、今、音を立てて折《お》れた物を掴《つか》んでいた。

それは、筵の下に支《ささ》えとして渡してあった竹が朽《く》ちて折《お》れたとわかった。

落ちた彼の足は、土を踏《ふ》んでいるようだが、片方の足で踏《ふ》みつけたものが、ずるずると動いているような気がした。

その足が、鉄砲玉の傷《きず》のせいで感覚《かんかく》がおかしくなったのではない、それにその、踏《ふ》みつけているものは、妙《みょう》に軟《やわ》らかい。

「踏んづけるな、そいつを逃がしてやれ、出してやれ。」

と、また、闇の中から声がした。

それは、前よりもずっと近くに聞こえた。

「おのれ、妖怪め、計《はか》りおったな。」

「よせ、刃物《はもの》は止めろ。ここだ、わしじゃ。」

「何者。」

「五平《ごへい》じゃ、信州飯田《しんしゅういいだ》の紙屋の五平じゃ。まことじゃ、動けぬ、引き上げてくれ。」

「何、飯田の紙屋じゃと。」

「さようじゃ、三河《みかわ》へ商売《しょうばい》に出たが、吉田《よしだ》から新城《しんしろ》へまわった帰り道、いくさに出くわした。三河の徳川軍の侍《さむらい》は、武田のまわし者かと思ったらしい、わしに追手《おって》を向けた。」

源次郎は、信州飯田と聞いて、刀を納めた。だが、暗闇の中で声がするばかりで正体《しょうたい》は見えない。それにこの、足の下でぬるぬるする奴は何だと怪《あや》しんだ。

「おぬし、五平とな、この闇夜の荒れ寺に何しに参《まい》った、や、それにこの、麦わらの上の首の長い奴は何者じゃ。」

「おぬしお侍か、その踏みつけている奴の、頭と首の方は、この鐘つき堂の屋根に今ごろは届《とど》いていようぞ、蛇《へび》じゃ、大蛇《だいじゃ》じゃ。」

さすがの源次郎も、ぎょっとして足を引いた。すると、ずっずっという音が、大きくなってその軟らかいものが動いて行った。

その音は、だんだん上の方へ行って、最後には、太い尾が通るのか、麦わらと渡してある竹が、びりびりとゆれ動いた。

「諸法空想《しょほうくうそう》。不生不滅《ふしょうふめつ》。」

彼が、音にむかって経文を唱《とな》えている間に、その音は、だんだん小さくなっていった。

もしも、この光景が、白昼《はくちゅう》であったなら、この鐘つき堂の、地下の穴ぐらから、麦わらの山を這《は》い、柱《はしら》と板囲《いたがこ》いを伝わって、屋根からその傍《かたわ》らの、杉の大木《たいぼく》へと巻きついて登ってゆく、巨大な胴体に青黒い斑点《はんてん》と、黄色の縞模様《しまもよう》のついた大蛇が、のたって行くのを二人は、見上げていただろう。

が、この杉林の山奥の荒れ寺には、うす暗い半月がかかっているだけで、林の下も、寺も、黒い闇に包まれて、誰ひとりこの、有様《ありさま》を見ているものはなかった。

源次郎も五平も、闇の中で黙《だま》ったまま、しばらくその音の主を見送っていた。

「行ってくれたか。」

五平が、安堵《あんど》したように言った。五平は、大蛇の這う音がなくなるまで、ずっと闇の中で合掌していたのだが、ただ、源次郎には、闇の中をのたってゆく大蛇の気配しかわからなかった。

「すまぬが、お侍。このわしの、足の上の石をのけて下され。」

と言う五平の声に、それでも彼は、要慎《ようじん》して近づいた。真っ暗いが確かに人がいた、それにかびの匂《にお》いもする。

「ここじゃ、それその、左手のやつを持ち上げてくれ、その上にも石がかかっておる。落とさぬようお頼み申す。」

「何、おぬし、石の下にいるのかや。」

源次郎は、手さぐりでその石を力いっぱい持ち上げると横に置いた。

「かたじけない、これでやっと、足が自由になり申した、なに、痛むほどではござらぬ。」

源次郎は、ここでやっとこの場の事態《じたい》が、呑《の》み込めた。

ここは、鐘つき堂の地下で、元は味噌蔵《みそぐら》らしい、かびの匂《にお》いはそれとわかった。

味噌樽《みそだる》の重《おも》しの石が積んであった所へ、旅の商人五平は、麦わらの寝床《ねどこ》から落ちたのだ。

石にはさまれた彼の足は、抜《ぬ》くにぬけず、なるほど、これでは、出るに出られぬことになるわけだ、と気づいた。

「合点《がてん》がいったぞ、五平。」

「有難うござる、お侍どの、お手前《てまえ》は、武田の武者にござりましょう、なに暗闇でもわかりますとも、ま、それはどうでもよろしゅう、いくさがどうの、甲斐が、信州が、三河がどうのと、この闇の中の味噌蔵では、問《と》うとても何にもなりますまい。ただ、この山中《さんちゅう》を旅なさるは、並《なみ》の旅人には、思われませぬ。」

「や、その通りじゃ、いくさは終わった、敗《やぶ》れたは武田の軍勢、その甲斐の者じゃ。」

「お侍は、その騎馬武者にござりましょう、この闇でも気配でわかりまする。」

「いや、どうでもよい、もう全くこの暗闇《くらやみ》では、侍も商人もないわい、今はただの旅人よ、山越《やまご》えの道もわからぬ男よ。」

ふたりの会話は、顔も何も見えぬ暗がりの中で、ぼそぼそと続いていた。

「へい、わしは、吉田《よしだ》をたって新城《しんしろ》へ入ると、いくさじゃ、合戦じゃと騒々《そうぞう》しく村々がなり申したによって、他国《たこく》のまわし者かと追手をかけられ、難儀《なんぎ》をさけましょうと、矢部《やべ》の村から山づたいに、荒原《あわら》の山の裏手《うらて》を抜けると、日はすっぽりと暮れました。」

源次郎は、五平の話を聞いていたこの時、闇の中の、この穴ぐらに何かまだ、動くものを感じた。

それは、先ほどの大蛇とは違う、何か小さいが、黒く無数《むすう》のかたまりが、ぬめぬめと、動いているような得体《えたい》の知れぬものだった。

彼が、辺《あた》りを見まわして刀に手をかけると、

「やめなされ、殺生《せっしょう》はやめなされ、あれは、蟇《がま》じゃよ。わしがこの穴ぐらに落ちた時には、何匹《なんびき》も寄ってきましたじゃよ、それはこの、わしの挟《はさ》まれた足を舐《な》めるように、また引っぱって助けでもするように、動けぬわしの、手や背中の上にまで、何匹もが乗ってきましたじゃ。それに、さっきのあの、大蛇も隅《すみ》の方でな、とぐろを巻《ま》いて、それをようく見ておりましたぞ。」

「よくぞ、喰われずに済《す》んだものよ。それにしても、ここは居心地《いごこち》がわるい。五平どの、上の方へ参って麦わらの上で聴《き》こう。」

源次郎は、この、闇の穴ぐらに住むおびただしい蟇こそ、かつてのこの大寺の僧籍《そうせき》の者、寺と運命《うんめい》をともにした修行僧《しゅぎょうそう》ではないか、姿、形を変えてこの荒れ寺を守る、その化身《けしん》ではないかと思った。

それから、二人の男は、穴ぐらを這《は》い出すと、麦わらの上に首を出した。

源次郎が蹴破《けやぶ》った板のすき間から、月明かりがさすのか、かすかに麦わらが明るくなっていた。

「それから、山道を辿《たど》りましたが、なに、登りはじめはようございました。何のこれしき、一気《いっき》に登れば、夜明けには峠を越える、そして、飯田街道へ出れば後はしめたもの、もう、家へ帰ったも同然《どうぜん》、いつもの商《あきな》いの道でございます。

と、たかをくくったのが難儀《なんぎ》のもとでございました。山道は暗くなるわ、足は疲《つか》れてくるわ。胸は苦しくなるし、汗は、からだじゅうに、たらたらと。その上、杉谷の夜霧《よぎり》に一寸先《いっすんさき》も見えませぬ。

こんな杉谷に迷《まよ》い落ち、命を落としては犬死《いぬじ》にと、商売ものの紙の見本《みほん》は、背中へくくりつけました。

いや、なに、山奥の杉谷で、旅の商人がひとり死んでも、この乱世《らんせ》。この時節《じせつ》に誰も悲しむ者もありますまい。

裏手《うらて》の山道など抜けずに、新城の豊川屋の主《あるじ》の言うとおり、ここは、もう一晩《ひとばん》お泊《と》まり下された方がと、言うことを聞けばよかったと思いましたが後のまつり。

のどの渇《かわ》きは、谷水《たにみず》のおかげでしのぎましたが、山道の大きな岩を過ぎた所で、わらじのひもが、ぷっつり切れ申しました。

あたりの暗闇にこれは困ったと、手拭《てぬぐ》いを引き裂《さ》いてゆわえましょうと、その先へ行った所のほれ、庇《ひさし》のように突き出した岩のある所で腰を下ろしました。

その時で、わたしのわらじを繕《つくろ》うしぐさを見ているような、へえ、暗やみの杉のこずえから、ふくろうの奴めが、ホッホ、ホホウと、その鳴き声の陰気《いんき》なこと。

いやもう、こんな杉谷の山道は、いっ時《とき》も永居《ながい》は無用《むよう》と、それから裾《すそ》をはしょり、杉枝の手ごろなのを一本拾って、そこから逃げ出すように、山道を登りはじめました。

と、その時でございます。

山から丸い提灯のような火の玉が、下りてきて、

〝お方さま、もし、旅のお方〟と、

女の声がするではありませんか。」

五平の話を聞いていた源次郎は、この時、板囲《いたがこ》いの外に、何か近寄《ちかよ》るものの気配《けはい》を感じた。

「しっ。」

「五平どの、かくれろ。わらの下に入るのだ。」

彼は、素早《すばや》く大小を引き寄せると、二人は、麦わらの下にもぐり込んだ。

それから、二人の男は、じっと息をころして、麦わらの下で筵を被《かぶ》って、板囲いの外のようすに耳をすました。

半月は、山にかくれたのか、辺りは、真《しん》の闇《やみ》になっていた。

源次郎は、「さては、あの京女、やはり狐狸妖怪だったのか。この五平も、今の話では、女の丸い提灯の、あの手でここへ、おびき寄せられたか。お堂に住むというあの憎め、両方とも、化けておったか。」彼は、五平の話から再び、そう思った。

麦わらの下で、刀のつばに手をかけながら、化け物は、夜の明けぬうちに、この鐘つき堂に入れた二人をよいご馳走《ちそう》とばかり、喰らいに来たのかも知れぬ。

板囲いの外の気配から、源次郎は、もはや、この思いに間違《まちが》いはないと思った。

やがて、外の気配は、足音になり、近づいてきて、話し声が聞き取れた。

「へへ、今夜は、ご馳走《ちそう》にありつけそうだ。」

「まだ、取っても見ぬのに何を言う、軟《やわ》らかい肉など喰えるか、取ってからの話だ。」

「うむ、や、えものは逃げたかも知れぬぞ、囲いの板が破られておる。」

その声は、だんだん大きくなった、そして板の破れから、中を覗《のぞ》く気配がした。

「おらぬ、えものは何もおらぬではないか。」

「麦わらと、荒筵《あらむしろ》ばかりじゃ。」

「いや、確《たし》かに二人入るのを見ました、ひとりは商人風の男、もうひとりは旅人だったぞ。」

「商人の方は、商いの金を持っているに違いない、旅の男の方は、懐中《かいちゅう》に路銀《ろぎん》があろう。

両方ともよい金目《かねめ》じゃ。」

「金が入れば、まず、酒と奢《おご》りのご馳走《ちそう》さ。」

「この、たわけ者めが、何が酒じゃ、奢りじゃやだ。肝腎《かんじん》の玉がおらぬではないか。麦わらと荒筵ばかりで何が金目じゃ。」

「へえ、おかしら、確かに後をつけやして、見張《みは》っておりました。ひとりは、今しがたこの鐘つき堂に入ったのを見てござる。」

源次郎は、この男どものぶつぶつ言っているようすから、これは、追《お》い剥《は》ぎか、夜盗《やとう》のたぐいか。いや、これは妖怪よりも、性《たち》のわるい相手《あいて》になるかも知れん。悪党《あくとう》どもの数によっては、いくさと同じ修羅場《しゅらば》も覚悟《かくご》せねばなるまいと思った。

「五平どの、気づかれてはまずい、動くなよ。」

と耳もとへ言っておいて、麦わらの間から外のようすを窺《うかが》った
目が暗やみに馴《な》れたせいか、外のようすが、いくらかわかってきた。

「相手は、十人ほどか、やはり山賊《さんぞく》どもに違いない、これは確かに妖怪なんぞではないわい、悪党どもの武器は、刀か、鉄砲か、鉄砲ならば、そいつが構《かま》える前に斬らねばならぬ。」

源次郎は意《い》を固《かた》め、

「奴らが、ここへ踏み込んできたら討《う》って出る、そして、あの大杉を背《せ》に二刀《にとう》を存分《ぞんぶん》に使って一人ずつ斬る。」

と肚《はら》が決まると、また、

「南無《なむ》、不垢不浄《ふくふじょう》。不増不減《ふぞうふげん》。」と、心中《しんちゅう》に経文を唱《とな》えていた。

「やい、やい。玉が逃げたのも知らぬでは、この山の秋造《あきぞう》の手下《てした》が勤《つと》まるか。この寺の坊主《ぼうず》をつれて来い。それに逃げた山道を知っているのは、京屋《きょうや》だ、あの茶屋の娘もつれて来

て、どこへ行ったか聞き訊《ただ》せ。」と、頭目《とうもく》が怒って手下どもにどなっている声がしている。

やがて、暗やみの中から、五、六人の手下に引き立てられた僧が、お堂の方から出て来た。

「いや、なに、旅のお方も商人とかも、いっこうに存ぜぬ。狐《きつね》や狸《たぬき》は、よう鐘突き堂に出入りしておりますがの、納屋《なや》がわりに、下に麦わらをしまい込んだら、入り込んで荒らしては、住《す》み家《か》とし、困っておりますのじゃ。」

「まことか。」

「この山中《さんちゅう》、しかもこの夜更《よふ》けに、よほどの度胸《どきょう》がなくては、さて狐狸妖怪《こりようかい》ならいざ知らず、この荒《あ》れ寺《でら》に、何ぞ、訪《おとず》れる者もありますまい。」

僧の泰然自若《たいぜんじじゃく》とした態度に、圧倒《あっとう》されたのか、頭目は黙《だま》ってしまった。

僧は廃墟《はいきょ》になってしまった本堂の石段に正座すると、半月は杉林《すぎばやし》にかくれ、闇になってしまった空にむかって経文を唱え出した。

「是故空中《ぜこくうちゅう》。無色無受想行識《むしきむじゅそうぎょうしき》。………。」

声は、杉林をとおって、この闇夜《やみよ》にひそむ魔《ま》ものを呼び覚《さ》ましているかにひびいた。

と、木立の間から、ぼんやり明るみがさしたと思うと、丸い提灯が下りてくる。

それは、僧の読経《どきよう》の声に合わせるかのように、明るくなったり、暗くなったりして、ゆれる火の玉に見えた。

「ああ、あれは、先ほどの京女《きようおんな》の提灯の明かりだ。きつね火などではなかったのだ。いつもああして、この深い山中に、道に迷った者を寺に案内《あんない》して、休ませてやっていたのだ。」

と、また、

「もしや、この僧は、京女の父かも知れぬ、ここで荒れ寺の法燈《ほうとう》を守っているが、あの娘がもし、男の子《おこ》であれば、京で仏法《ぶつぽう》を修行《しゆぎよう》させ、この、今は昔の大寺《だいじ》を再興《さいこう》させたであろうに。」と、思った。

そのうちに、外の板囲いの近くで、足音が近づいてきた。

「存《ぞん》じませぬわ。うちは、この寺参《てらまい》りには、昼《ひる》の通りすがりたまには参りますが、女子《おなご》の身《み》、夜な夜《よよ》なこの荒れ寺に明かりをつけてまで、お参りしたことはございませぬ。」

「何をぬかす、先ほどその、丸い提灯が谷間をゆらゆらと出て、このお堂に消えて行ったたぞ。」

「その通りじゃ、われも確《たし》かにさっきみたぞい。」

手下の二、三人の者もそう言って詰《つ》め寄った。

「丸い明かりのきつね火は、この山谷《やまだに》には、よう出ますねん。それに、峠の茶店の裏山《うらやま》は、お稲荷様《いなりさま》やす、きつねの祠《ほこら》も昔からございますわ。お前さま方は、きっとほな、きつねか、たぬきの提灯の明かりを見てたのと、違いませんのか。」

「何じゃと、おいらが、きつねにだまされたとな。」

「言わしておけば、この女《あま》が。」

手下のひとりが、女の腕《うで》をつかもうとした。京女は、その手をするりと抜《ぬ》けて、

「ご無体《むたい》はおやめ下さいまし。ここは寺内《てらうち》、狼藉者《ろうぜきもの》には、きつう仏罰《ぶつばつ》が当たりまする。」

「何をぬかす。」

悪党どもは、ひとりの女を取り囲んでいきまいた。

「無眼耳鼻舌身意《むげんにびぜつしんい》。無色声香味觸法《むしきしょうこうみそくほう》………。」と、僧は、経文を唱え続けていたが、

「見らるる通りの荒れ寺じゃが、ここは女人禁制《にょにんきんせい》。わしも、きつねの提灯は、よう見たが、

夜更けに、提灯をつけた女子など近づくことすら出来申さぬ。その女子は帰してやりなされ。」

厳《げん》として言いはなった僧に、

「何、二人とも知らぬ存ぜぬとな。」

「このうえは、この寺屋敷《てらやしき》をくまなく探《さが》せ。」

「えい、こんな破れ鐘つき堂なんぞ、たたきこわしてしまえ。」

「かまうものか。」

頭《かしら》と手下《てした》どもは、いっせい板囲いを破って乱入《らんにゅう》しようとした。

僧はまた経文を唱え出した。

「無眼界乃至無意識界《むげんかいないしむいしきかい》。無無明《むむみょう》……。」

星明《ほしあ》かりはあるが、傍《かたわ》らの大蛇が上《のぼ》って行った大杉は黒々《くろぐろ》と天に聳《そび》えていた。

その暗い闇の中から、鋭《するど》い声がした。

「止《や》めい、たわけ者どもめ。」

鐘突き堂から、下に飛び下りた黒い影は、源次郎だった。

彼は、麦わらの山から鐘突き堂に登ると、そこに捨《す》てられたようにあった、埃《ほこり》だらけの破れた僧衣を纏《まと》っていた。

「あいや、山賊《さんぞく》どもよう聞け、われはこのお寺にお在《わ》す三尊《さんぞん》のみ仏《ほとけ》を守護《しゅご》いたす阿修羅漢《あしゅらかん》と申す者。悪党ども、いま直《ただ》ちに退散《たいさん》すれば、地獄《じごく》へ落ちぬが、狼藉《ろうぜき》をはたらく者は、閻《えん》魔大王《まだいおう》に代わり仏罰《ぶつばつ》を与《あた》えん。貴様《きさま》らの心得次第《こころえしだい》じゃ。いくぞ。」

彼は、太刀をぎらりと抜いた。

一瞬《いっしゅん》たじろいだ盗賊どもは、源次郎一人が相手《あいて》と見ると、

「何をこの、糞坊主《くそぼうず》めが。」

「じゃまだてするか。」と、

闇の中の源次郎を侍とも、僧とも見分けがつかぬまま、突っかかってきた。

この闇の暗さでは、誰が立っていようと、その人体《にんてい》は、提灯の明かりでも持ってこなければ、何もわかるものではない。

その提灯の明かりも、あそこで点《つ》いていたが、いましがたふっと消えた。

このなりゆきを見ていた京女が、素早《すばや》く火を吹き消したのだ。

女は、丸い提灯の火を吹き消すと、身を翻《ひるがえ》して、手下の囲《かこ》みを暗やみに紛《まぎ》れて抜け、闇にかくれてしまった。

後は、ただ僧の読経《どきょう》の声だけが、聞こえていた。

源次郎は、相手の動きを気配で知るよりほかはなかった。

闇の中の息使《いきづか》い。足音。刃物の風を切る音。人のからだの黒いかたまりの動き、その匂《にお》いを運ぶ風。左右《さゆう》にうごめく黒い影。

彼は、この相手のこれらの闇の中の殺気《さっき》を一瞬のうちに判断して、倒《たお》さねばならない。

「だっ。」「うぬっ。」

「うっ。」　ドサッと何か倒れる音。

「むっ。」「ふっ。」

「えい。」「だっ。」

「だだっ。」「とうっ。」

チーンと刃物のはね返る音。

「はあ、はあ。」

そのうちに、バリバリと、鐘突き堂の囲い板が、破れる音もする。

「いえいっ。」

「やっ。」

ダダッ、ドドッと人の走る足音。

すべては、真暗な闇の中の出来ごとだった。

しばらく人の争《あらそ》う匂《にお》いが、夜風《よかぜ》に生臭《なまぐさ》く吹いていたが、この、闇の中のけものの争《あらそ》いのような物音をよそに、石段の方からは、相変《あいか》わらず僧の読経の声が流れていた。

「………無無明亦《むむみようやく》。無無明尽《むむみようじん》。乃至無老死《ないしむろうし》……。」

風が出たのか大杉の上の方の葉がゆれている。

「やられた。」

「手強《てごわ》い坊主だ。」

「肩《かた》がいたい。」

「足を払《はら》われた。」

「おれは、もうだめだ。」

暗やみの中で、うごめいていたものが、固《かた》まりとなって逃げ出す気配がした。

「引け。」

「ここはまずい。」

「この坊主は、妖怪じゃ。」

手下のひとりが、怯《おび》え出すと他の者どもは、意気地《いくじ》がなかった。

「あれ、きつね火じゃ。」

「山から火の玉が、下りてくるぞ。」

京女が、お堂の方で提灯をつけたのか、それとも、娘を心配して迎《むか》えが来たのか、いずれも、この闇では確かめようもない。

「道がぬるぬるするぞ。」

「蟇《がま》が出て来たぞ、おびただしい蟇じゃ。」

「りゃ。蟇をふんずけたぞ。」

「蟇が夜道にいっぱいじゃ、追ってくるぞ。」

「谷を渡って逃げろ。」

盗賊どもが、逃げ腰になって行く足音が響《ひび》く。

「ここに、丸太《まるた》の橋があるぞ。」

「こっちから渡れ。」

「うつけ者め、おれだ、ぶつかるな。」

「そいつは、杉の木じゃ。」

「ここじゃ、橋はこれじゃ。」

手下と頭目は、闇の中を這《は》うようにして、谷川にかかっている丸太橋を渡り始めた。

「ホホ。ごらん下さりませ、旅のお方。」

いつの間にきたのか、あの京女が、丸い提灯をかざして、源次郎の傍《かたわ》らに立っていた。

「ホホ。盗賊どもは、ほれ、大蛇の背中《せなか》とも知らず這《は》って、渡《わた》ってゆきまする。」

源次郎は、京女のかざす明かりの向こうを見たが、

杉谷は黒々《くろぐろ》とした闇が続くばかりで、大蛇も橋も、何も見えなかった。

ただ、僧の読経の声だけが、朗々《ろうろう》と漆黒《しっこく》の杉谷にひびいていた。

「……亦無老死尽《やくむろうしじん》。無苦集滅道《むくしゅうめつどう》。無智亦無徳《むちやくむとく》。以無所得故《いむしょとくこ》。菩提薩埵依《ぼだいさつたえ》……。」

半月は、山に入り夜は、深々《しんしん》と更《ふ》けていった。

おわり

おくり火

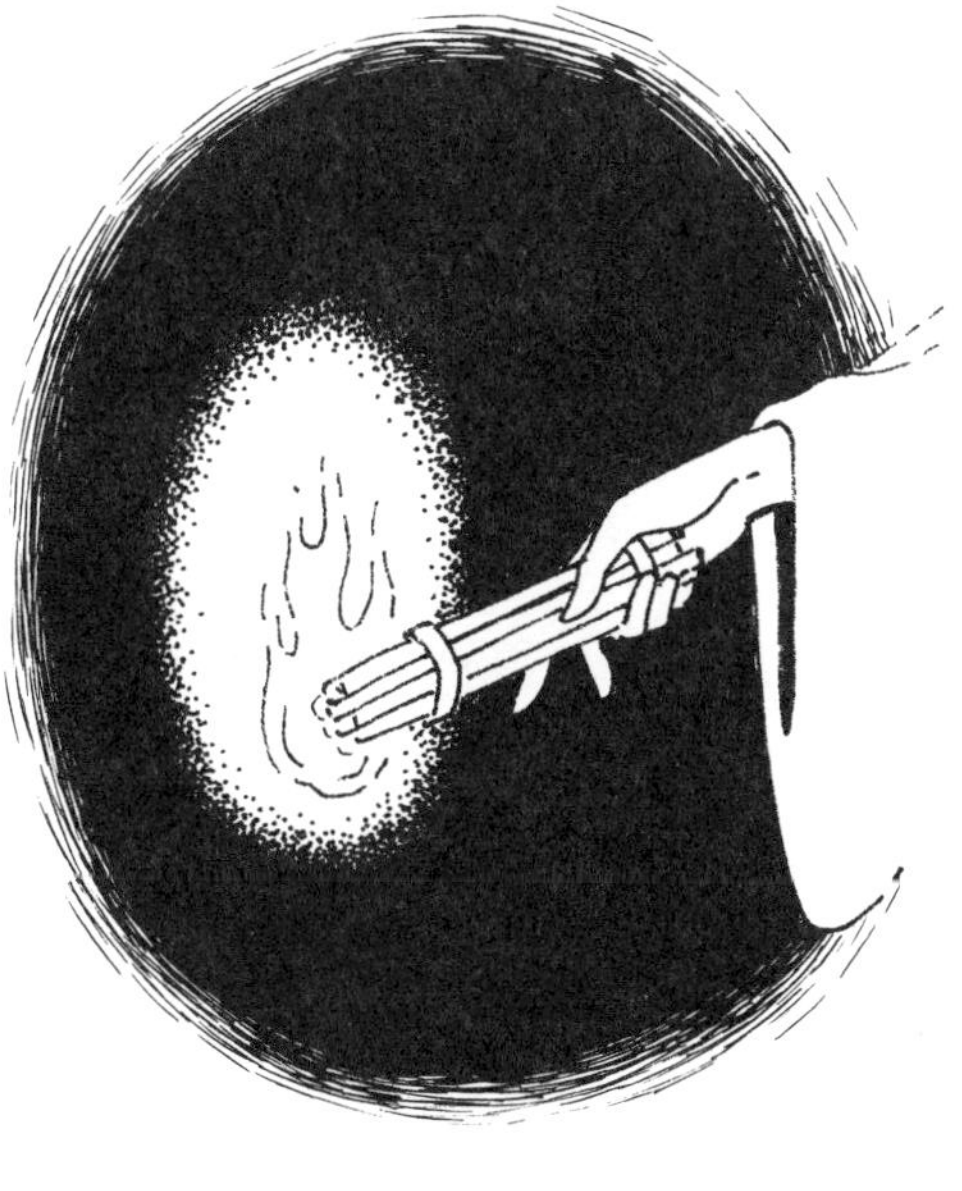

夕焼けの空には、きょうの暑さで、ほてったように赤く染《そ》まった雲が、ひとつ暮《く》れ残《のこ》っていました。

「お。忘れておるところだった、この無縁仏《むえんぼとけ》にも、ついでにお線香《せんこう》をあげとこうや。」

かたわらの墓の前では、たいまつが赤くジー、ジーと虫が鳴《な》くように燃えています。

線香の煙は、もやのようにそのこけむした墓石《はかいし》の方へ流れてゆきました。

この山寺の和尚《おしょう》の焚《た》く、盆《ぼん》のおくり火は、ちょろちょろと燃《も》えていたのですが、今しがたの山の夕風《ゆうかぜ》にふっと消えてしまいました。

「しもうたな、マッチがないぞ、どこぞ落としたのか、ないぞ。草葉《くさば》の下かも知れん。」

和尚は、うろうろあたりを探していましたが、「見当《みあ》たらんわい。」と腰《こし》をあげました。

その時、生えていたすすきの、ゆれた気配《けはい》がしましたので振《ふ》り向《む》くと、夕やみの中から、「和尚さまこれを。」と、白い手がすうーと、一本の火のついた、たいまつを差《さ》し出していたのです。

「や、これはすまぬ事で。」と、合掌《がっしょう》して受けますと、そこには、白い着物姿の女性《にょしょう》が子《こ》連《づ》れで、夕闇《ゆうやみ》にぼうーと立っていました。

和尚は、訝《いぶか》りながらも夕涼《ゆうすず》みの墓参《はかまい》りかと、「や、有難《ありがた》い、これで火がつき申した、ところで、こんな時分《じぶん》にあなたは、どこの嫁御《よめご》さんじゃったかの。」と問うていました。

すると——、

「妙齢院幽花《みょうれいいんゆうか》。私はこの堂《どう》が森《もり》の墓地《ぼち》に住むお化《ば》けでございます。

いえ、お化けに名なぞございません。

もとはと言えば、ほら、この堂が森の墓地の隅《すみ》に朽《く》ちた墓標《ぼひょう》が建《た》っていますでしょう。

もう、私の俗名《ぞくみょう》など消えてしまっています。幾百千年《いくひゃくせんねん》になるか、久《ひさ》しい年月《ねんげつ》、ここが住居《すまい》と暮らしているのでございます。いえ、暮らすと申しましても、浮世《うきよ》の皆様とは違い、すべや、なりわいは無いのでございます。

そう、もともと、姿や形はないのですから、ま、影のようなものと、お思いになったらいいでしょう。

好きな時に、好きな姿、形になってもよく、別に、姿、形になることもないのです。

ええ、でも、私とて、初めからお化けの女に生まれたわけではございません。

姿、形のある生きものの頃《ころ》もありました。きょうは、お盆の十六日、お精霊《しょうろ》さまのおくり火に、和尚さま。

想《おも》い出しますことがございます。お聞き下さいまし。

「想《おも》えば、いくつもの生類《しょうるい》の世過《よす》ぎの中で、人の世、幾山河越《いくやまかわこ》えての娑婆《しゃば》の暮らしが中でもいちばん、つらく苦しみ多いものと、つくづく思いましておりまする。

この子が三つになる時、いえ。お化けの私に、子どものあろう筈《はず》がございません。

この子は、ほら、あそこの立派《りっぱ》なお石塔《せきとう》の横に小さな墓石が建っていますでしょう。

〈天真院童子《てんしんいんどうじ》〉人の世からこの堂が森の霊界《れいかい》へ参りました折りの名でございます。

いまは、私が、あまりの哀《あわ》れさに連《つ》れ添《そ》うているのでございます。

この子は、独りで須彌山《しゅみせん》にいるという母をたずねて冥界《めいかい》の旅に出たのでございますが、冥界は、この堂が森から、地の底の三途《さんず》の川、針《はり》の山を過ぎ、冥土《めいど》のあたりに、そう。賽《さい》の河原《かわら》という果《は》てしない石の河原《かわら》が広がっている所がございます。

この子は、この小さい足でそこまで行ったのでございます。でも、何分、須彌山はまだそこから三千億万里《さんぜんおくまんり》向こうで、天竺《てんじく》より遠いのでございます。

賽の河原では、お出ましの地蔵菩薩《じぞうぼさつ》さまのおかげで、大勢《おおぜい》の童子《どうじ》といっしょにお世話いただいておりましたのでございますが、秋の風の冷たくなる頃、ふと吹く川風に母の声がしたのでしょう、西から吹けば西へ、東から吹けば東へと、さまよい歩いていたのでございます。

いいえ、もしや、あの葬須伽婆《そうすかばば》さまが、見かけてそっと教えなさったのかも知れません。婆さまは、冥土へ行く死人の衣《ころも》を剥《は》ぐというそれは、それは恐ろしい方とか。いいえ。それは、人の世の邪見《じゃけん》というものでございます。私は、ほんとうはお顔に似《に》ず心のお優《やさ》しい方と存《ぞん》じております。

ただ、人の世の因業《いんごう》に負け、悪の道から地獄《じごく》に落ちた罪人《つみびと》には、きっと、さながら鬼婆《おにばば》さまに見えますでしょう。

で、この子が何故《なにゆえ》、この幼《おさな》い年で冥界《めいかい》に行ってしまったのかと。」

「和尚さま。」

「みほとけに仕え、山寺にて仏生《ぶつしょう》の法《のり》を説《と》き、衆生《しゅじょう》にわが身の魂《たましい》のありかを問うて天地《あめつち》の理《ことわり》を三昧《ざんまい》に生きる和尚さまなら、私が語るまでもございますまいでしょう。

浮世《うきよ》の諸行《しょぎょう》は無常《むじょう》でございます。

でも、もうご安心下さりませ。

私が、この子を地蔵菩薩さまより、おあずかりして、今は無心《むしん》に遊んでおりますゆえに。

この子には、浮世のつらさも、恋《こい》しさも、もうないのでございます。

と、申しましても私とて女心《おんなごころ》、いえ、お化《ば》け心《ごころ》がございます。

一度でいいから、この子を、こんな可愛い子を浮世の人に見せたいと思ったことがございます。

和尚さま。それは、村の社《やしろ》のお宮さまの、夏祭りの晩《ばん》のことでございます。そっと墓地をぬけ出し、村の鎮守《ちんじゅ》の森まで連れて参りました。

宵《よい》やみの中の、屋台《やたい》や夜店《よみせ》の建《た》ち並《なら》ぶのを見て、村人の人混《ひとご》みに紛《まぎ》れお参《まい》りして参りました。この子も、まだ、みたこともない浮世の祭りに、とても嬉しそうでした。

神さびた社の中の氏神《うじがみ》さまも、わけを申しあげますと、それは、それは喜んで頂き、私も人の世を超《こ》えた天地の神々の御心《みこころ》がとても嬉しゅうございました。

私のこの、嬉しさに、つい、心がゆるんだのでございましょうか。

帰りしなに、この墓地のはずれのあの、やなぎの木の下で焚《た》かれた、盆のおくり火のあかりに、私の着物姿がうつってしまったようでございます。

それから、だれ言うとなく、

〈堂が森のやなぎの木の下に、妙齢《みようれい》な幽霊《ゆうれい》が白い着物姿に可愛い子連れで、立っていた。〉

と。

あ。和尚さま。火も消えます。私も、それではこれで。」

と言うと、あたりの夕やみに、かき消すようにいなくなってしまいました。
後には、もう誰《だれ》もいない墓地のたいまつの火もすっかり消えて、小さなおき火が、遠い町の明かりか、漁《いさ》り火《び》のように見え、森の暗闇《くらやみ》には、ただ、山風《やまかぜ》が寥々《りょうりょう》と吹いているばかりでした。

おわり

[著者略歴]
天城 健太郎（あまぎ けんたろう）
静岡県生まれ。化学会社・大学等の研究所員を経て、長年にわたり教員をつとめる。現在、童話作家として活躍中。著書に『きつねの忍者』『海火の塔』（近代文芸社）、『聖なる旅』（今日の話題社）などがある。日本児童文芸家協会会員。浜松市在住。

[挿画家略歴]
みつきやよい
女子美術大学デザイン科卒業。挿画を中心に活動中。
『聖なる旅』（今日の話題社）挿画、『展覧会の絵』（創土社）挿画などがある。藤沢市在住。

なっちゃんと魔法の葉っぱ
——天城健太郎作品集——

2007年8月17日　初版発行

著　者　天城健太郎
挿　絵　みつきやよい
装　幀　宇佐美慶洋

発行者　高橋　秀和
発行所　今日《こんにち》の話題社《わだいしゃ》
東京都品川区上大崎2-13-35　ニューフジビル2F
TEL 03-3442-9205　FAX 03-3444-9439

用　紙　富士川洋紙店
印　刷　ケーコム
製　本　難波製本

ISBN978-4-87565-579-4　C0093
JASRAC出0709668-701